光文社古典新訳文庫

二十六人の男と一人の女　ゴーリキー傑作選

ゴーリキー

中村唯史訳

kobunsha classics

JN180383

光文社

Title : Двадцать шесть и одна
1899
Губин
1912
Челкаш
1895
Женщина
1913
Author : Максим Горький

目次

二十六人の男と一人の女

ゴーリキー傑作選

二十六人の男と一人の女―ポエム―

俺たちは全部で二十六人だった。というよりも、朝から晩まで生地をこね、巻パンや堅パンを作る二十六台の生きた機械が、湿った半地下の部屋に閉じ込められていたのだ。部屋の窓は緑色に苔むしてじとじとした煉瓦積みの穴に面していたが、その穴は半地下に少しでも光を入れるために、わざわざ地面を掘り下げて作られたものだった。それなのに、窓枠には外側から目の細かい金網が張られ、ガラスには穀粉がこびりついていたから、陽の光が部屋に射すことはなかった。

窓を金網でふさいだのは店の主人だったが、それは俺たちが物乞いや、仕事をなくして腹をすかせている仲間にパンのひとかけらをくれてやることができないようにするためだった。主人は俺たちのことを「いかさま野郎」と呼び、昼飯には肉のかわりに腐った臓物を食わせた。

煤と蜘蛛の巣だらけの低くて陰気な天井の下、石の小箱のような部屋で暮らすのは、窮屈で息が詰まった。汚れとカビでまだらになっている分厚い壁の内側にいるのは、重苦しくて胸くそが悪かった。

俺たちは朝の五時に起きて、寝不足で訳も分からず、ぼんやりとしたまま、パン生地から巻パンをこしらえるために、六時にはもう作業台に向かっていた。早朝から夜の十時まで作業台のまわりにいて、凝り固まってしまわないように体をときどき動かしながら、俺たちがまだ眠っているあいだに夜番の仲間が準備したやわらかな生地からパンをひねり出す。またあらたに小麦粉に水を混ぜて、こねるのが担当の仲間もいた。

巻パンをまず湯通しする大鍋の中では、沸騰した湯が一日中、寂しい猫のように憂鬱な鳴き声を立てていた。パン焼き係がその前に立って、湯通しされて表面がつるんとなったパンを熱く焼けた煉瓦の上にせかせかと移すたびに、奴が使う大きなしゃもじがかまどにぶつかり、悪意のある音を立てた。

部屋では四六時中かまどが焚かれ、朝から晩まで薪が燃えていた。炎の赤い照り返しが、仕事場の壁に、俺たちをあざ笑うみたいに音もなく、ちらちらと映っていた。

巨大なかまどは、おとぎ話に出てくる醜い化物の頭のようで、そいつは床下から現れ、大きな口を開けて炎を吐いては、俺たちの目をくらませ、熱気を吹きかけてくるのだった。

かまどの口の上に開いている二つの通気口の黒い穴は、はてしなく続く俺たちの仕事をじっと見つめていた。この情け容赦ない冷酷な魔物は、まるで奴隷を見ることに飽き飽きし、俺たちに人間らしいことをもはや何も期待していないような暗い目つきで、こっちを凝視していた。ときには賢者の目のように、俺たち奴隷を冷たくさげすんでいると感じられることもあった。

むっとする蒸し暑さのなかで、俺たちは来る日も来る日も、中庭から足にひっつけてきた泥と穀粉にまみれ、汗をぼたぼた落としながら、生地をこね、巻パンを作っていた。自分の仕事を激しく憎み、この手で作ったものは断じて口にしたくなかったから、食事時には巻パンではなく、黒パンを選んだ。

俺たちは長い作業台に九人ずつ向き合って座り、何時間も何時間も手と指を機械的に動かし続けたが、するべき仕事はわかりきっていたから、もう自分の動作になど注意を払わなかった。いつも同じ面《つら》を突き合わせ、おたがいの顔の皺の一本一本まで知りつくしていた。話すことなど何もなかったし、そのことに慣れてもいたので、いつも黙っていた。口をきくとすれば言い争いのときだったろうが、誰かと――特に仲間と――口論するたねは、普通はいくらでもあるものだ。ところが俺たちは、その言い争いさえ、めったにしなかった。半分死んだようなでくのぼう、すべての感情が労働の重みで押しつぶされているような人間が、いったいどんな悪事を企めるというのか？　沈黙を恐れたり苦痛に感じたりするのは、何もかもすでに話し尽くし、これ以上はもう話すことがなくなってしまった者だけだ。俺たちのように、まだ自分の言葉を発したことのない者にとっては、黙っている方が簡単で気が楽だった。

俺たちは、話すかわりに、ときどき歌をうたった。歌はこんなふうに始まる。仕事のとちゅうで、誰かがふと疲れた馬のような重いため息をつき、心の痛みを和らげてくれる哀しく優しい調子の、長くゆっくりとした歌を口ずさむ。歌っているのは仲間の一人だ。最初のうち、俺たちはそいつの孤独な歌を黙って聞いている。そしてその旋律が、この重苦しい半地下の部屋の天井の下で止《や》み、消えそうになると（それは大地の上に空という鉛色の屋根がかかっている湿った秋の夜、広野にともる小さな焚火が消えていくのに似ていた）、別の誰かが唱和する。狭くて蒸し暑い穴倉に、静かでものうげな二つの声が流れる。すると突然、いくつもの声がその歌に合流するのだ。歌は波のように沸き立ち、しだいに力強く、大きくなっていく。まるで俺たちの石の牢獄の湿った重い壁を押し開くように。

今はもう二十六人全員が歌っている。なじみの歌声が仕事場に満ちていく。俺たちの歌には、この部屋は狭すぎる。歌は壁石にぶち当たり、うなり、泣き、やわらかな痛みで心を甦らせる。心の古傷をかきむしり、愁いを呼び起こす。

歌い手たちは深く重いため息をつく。ある者は急に歌うのをやめ、仲間の声にしばらく耳を傾けた後、また自分の声を波のような皆の歌声に注ぎ込む。「ああ！」と悲しげに叫び、目を閉じて歌っているやつもいる。そいつには、この響きわたる太い声の波が、どこか遠くへ続いている道のように思えるのかもしれない。輝く太陽に照らされた広い道を、どこまでも進んで行く自分を目に浮かべているのかもしれない。

その部屋では、かまどの炎がちらちらと、たえずまたたいていた。パン焼き係が大きなしゃもじで煉瓦をこするときのきしるような音や、鍋で湯が沸き立つ音がいつも聞こえていた。そして壁の上では炎の照り返しが、いつだって同じように、声もなくあざ笑うように揺れていた。そして俺たちは、自分たちの鈍い哀しみを――太陽を失ってしまってはいるが、なお生きている人間たちの愁い、奴隷の愁いを、知らない誰かが作った言葉に託して歌っていた。

俺たち二十六人は、大きな石造りの建物の半地下の部屋で、こんなふうに暮らしていた。この三階建ての家が自分たちの肩の上にのしかかっているようで、生きていることが重かった。

だが俺たちには、歌のほかにも、心地よくて、いとしくて、たぶん太陽の代わりになっているものがあった。この建物の二階には金糸の刺繡場があって、そこにはたくさんのお針子といっしょに、十六歳の小間使いのターニャが暮らしていた。朝になると、青い陽気な目をした、ばら色の小さな顔が、俺たちの仕事場のドアに付いているガラス窓をのぞき込む。それから、よく響く、かわいらしい声をかけてくるのだった。

「囚人さんたち、巻パンちゃんをちょうだい!」

この明るい声を聞くと、みんなが振り返り、輝くような微笑が浮かんだ清らかな顔を見て、穏やかで満ち足りた気持ちになる。ガラスに貼りついてぺちゃんこになっている鼻や、ほほえむと開くばら色の唇、その奥に白く輝く小粒の歯を目にして、うれしくてたまらなくなる。俺たちはわれ先に彼女めがけて殺到し、互いにこづき合いながら、ターニャのためにドアを開けてやろうと必死になった。誰かがついにドアを開けると、娘はたいそう明るくかわいらしいようすで、手を前掛けの下に入れたまま入ってくる。そして首をちょっとかしげ、ほほえんで俺たちの前に立つのだった。濃い栗色のたっぷりとしたお下げ髪が、肩から胸にかけて垂れている。ドアの敷居は仕事場の床よりも四段分高かったから、汚れて暗くて醜い俺たちは、いつも下から見上げるかたちになった。顔を上げて、ターニャとおはようの挨拶を交わす。彼女のためにしか口にしないような、なにか特別な言葉をかけてやる。彼女と話しているときには、俺たちの声は穏やかになり、冗談もやわらかいものになった。彼女がいるあいだは、何もかもが特別だった。パン焼き係がこんがり一番よく焼けた巻パンを選びだす。しゃもじに乗っけて、ターニャの前掛けの中にじょうずに投げ入れてやる。

「いいか、主人に見つかるんじゃねえぞ」俺たちはターニャに警告する。すると彼女はちょっとずるそうな笑みを浮かべて、明るくこたえるのだった。

「さようなら、四人さんたち！」そして子ねずみか何かのように、あっという間に姿を消す。

毎日、ただそれだけのことだ。なのに俺たちは、ターニャが行ってしまってからも長いあいだ、彼女について語らい、それが楽しかった。ターニャも俺たちも周囲の環境も昨日と何一つ変わらない以上、話の内容も昨日とまったく同じことでしかなかったのだが。

周囲の環境が少しも変わらないのは、生きている人間にとって、なによりもつらい。そのことに打ちのめされて、魂が致命傷を負う者も少なくない。それほどではなくても、生きていればいるほど、状況がぴくりとも動かないのが堪えられなくなってくる。

俺たちは、女について語るとき、いつも恥知らずな言葉を使った。それは、われながら聞いているのがつらくなるほどだったが、知っている女はどれも、そうした言葉がお似合いのやつばかりだったから、当然と言えば当然だった。だが俺たちはターニャのことは絶対に悪く言わなかった。誰ひとりとして、彼女にほんの少し触れることさえ、自分に許そうとはしなかった。あの娘《こ》は俺たちから、ひわいな冗談をただのひとつも聞いたことがなかったはずだ。

ひょっとしたら、それはターニャが俺たちと長い時間、いっしょにいたことがなかったからかもしれない。彼女は流れ星のように、俺たちの目の前で一瞬きらめき、すぐに姿を消した。あるいはターニャがとても若くて、きれいだったからかもしれない。美しいものは人間の心に、それが荒くれ者の心であってさえ、かならず尊敬の念をかき立てるものだ。俺たちは徒刑囚のような労働のせいで鈍重な去勢牛のようになっていたとはいえ、それでもなお人間であり、人間であるからには何か崇拝の対象なしには生きられなかったのかもしれない。

俺たちには、ターニャよりもすばらしいものなんてなかった。同じ建物に何十人もの住人がいたのに、半地下の部屋に生きる俺たちに注意を向けてくれた者は、他には誰一人いなかった。それになにより——これがたぶん一番大きな理由だ——俺たちは彼女が自分たちのもので、まるで俺たちが作る巻パンだけによって生きているように考えていたのかもしれない。俺たちはターニャに熱い巻パンをやるのを責務と心得ていた。それは偶像に捧げる日々の供物だった。それはほとんど神聖な儀式であり、俺たちは彼女と日を追うごとにますます深く結ばれていくのだった。

巻パンをやるほかにも、俺たちはターニャにたくさんの助言をした。暖かい服を着なければならないとか、階段を急いで駆け下りてはならないとか、あんまり重い薪の束を担いではならないとか、そういったたぐいのことだ。彼女は俺たちの助言をほほえんで聞き、聞き終えると笑い声で応えた。こっちの助言に従ったことは一度もなかったが、だからといって腹は立たなかった。俺たちが心配していることをわかってもらえれば、それで十分だったのだ。

ターニャはよく、たとえば倉庫部屋の重い扉を開けてくれとか、薪を割ってくれとか、いろんな頼みごとを持ち込んできた。俺たちは喜んで、誇りすら感じながら、彼女が望んだことは何でもしてやった。

だが仲間のひとりが、自分のたった一枚の上着を繕ってくれと頼んだときには、ターニャは馬鹿にしたように鼻を鳴らして、こう言ったのである。

「とんでもない、そんなことするもんですか！」

俺たちはこの変わり者をあざ笑い、それ以後は何ひとつ頼まなかった。

俺たちは心からターニャを愛していたのだが、それでたぶんすべての説明がつく。ひとはいつも自分の愛を誰かに捧げていたいものなのだ――ときにはその愛で相手を苦しめ、傷つけることがあるにせよ。愛してはいるが、相手を尊ぶ心を欠いていたために、愛するひとの人生を台無しにしてしまう場合もあるにせよ。俺たちはターニャを愛さずにはいられなかった。他に愛せる人間などひとりもいなかったから。

誰かが急に、こんなふうに文句を言いだすことがあった。

「何だって、俺たちはあの娘を甘やかしているんだ。あの娘が何だっていうんだ。俺たちはちょっと肩入れしすぎじゃないだろうか」

思い切ってそんなふうに話し始めた仲間を、俺たちはあわてて、無理にでも黙らせた。俺たちには愛する対象が必要で、それがやっと見つかったところだったから。二十六人が愛するものは、ひとりひとりにとって、揺るぎなく神聖でなければならなかったから。これについて反対する奴は、もうそれだけで敵なのである。自分たちが愛するものは、ひょっとしたら、実際にはそれほどすばらしくはなかったのかもしれない。だが俺たち二十六人は、自分たちに価値あるものが、他の人の目にも聖なるものに見えてほしいと望んでいたのである。

俺たちのあいだでは、愛は憎しみに劣らず重苦しいのだ。不遜な一部の奴らが、あの階級においては愛よりも憎悪の方が魅力的だなどと断言するのは、あるいはそのためなのかもしれない。だが、もしそうだとすれば、奴らはなぜ俺たちから逃げ出そうとしないのだろう。

　俺たちの主人は、巻パンを作る仕事場のほかに、白パンの製造場も持っていた。それは同じ建物の中にあって、こっちの穴倉と壁一枚で仕切られているだけだったが、白パンを作っている四人の職人は、自分たちの仕事がより清潔で、だから上等だと考え、俺たちと距離を置いていた。奴らは、こちらの作業場に立ち寄ろうとはせず、中庭で出くわすと馬鹿にし、あざ笑った。こっちも奴らのところには近づかなかったが、それは、俺たちが甘い白パンを盗むのではないかと心配した主人に禁じられていたからだ。俺たちは白パン作りの奴らがねたましくて、だから好きではなかった。

　奴らの仕事は俺たちより楽だったし、稼ぎも上で、出される食事も良かった。白パンの製造場は広々として明るかった。それに奴らはみな清潔で健康だったから、俺たちはいやな気がした。こっちときたら、ひとり残らず黄ばんでいるか、くすんでいるかで、梅毒持ちも三人いたし、何人かは疥癬かきだった。一人などは、リウマチのせいで、体がすっかり曲がっていた。白パン作りの奴らは、祝日や仕事が休みの日にはスーツを着込み、きゅうきゅう鳴る革靴をはいて、めかしこんでいた。アコーディオンを持っている奴も二人いた。奴らはみな、街の中央公園に遊びに出かけたが、俺たちの方は、きたならしいボロ服を着て、はいているのもドタ靴か木皮のつっかけだったから、おまわりに公園に入れてもらえなかった。これでどうして、白パン作りの奴らを好きになれるだろう。

あるとき、俺たちは、奴らのひとりが飲み過ぎてはめをはずしてしまったこと、主人がそいつをクビにして別の奴を――兵士あがりを雇ったこと、その新米がいつも繻子のチョッキに金鎖の時計をぶら下げて歩いていることを知った。俺たちはその伊達者をこの目で見たくなり、ひょっこり会えるんじゃないかと期待して、かわるがわる中庭に出てみるようになった。

ところが奴は、自分の方から、こっちの仕事場にやって来た。足でけっ飛ばしてドアを開け、そのまま敷居の上に立って、話しかけてきた。

「神のご加護を！　ごきげんよう、諸君！」

冷え切った空気が白い雲のようになってなだれ込み、足元で渦を巻いたが、奴はかまわず敷居の上に立って、俺たちを見下ろしていた。巧みにひねってある金色の口ひげの下から、黄ばんだ大きな歯が光って見えた。着ているチョッキは、少し風変わりだった。青地に花模様の刺繡がちりばめられ、全体がきらきらして、ボタンは赤い石か何かでできていた。そして金の鎖……。

この兵士あがりはとても背が高く、ばら色のほおをしていた。健康そうで見栄えがする。明るい大きな眼が愛想よく、こっちをしっかりと見ていて、感じが良い。固く糊付けされて高く筒のようになった白いコック帽を頭に乗せ、清潔でシミ一つない前掛けの下から、ぴかぴかに磨かれた、はやりの靴の先っぽをのぞかせていた。

俺たちのパン焼き係が、ドアを閉めてくれるよう、ていねいな口調で頼んだ。奴はあわてずにそうしてから、店の主人のことを根掘り葉掘り尋ね始めた。俺たちは先を争うように、あいつは手練れのペテン師だの、詐欺師だの、悪者だの、暴君だの、口を極めて、主人について言えるだけの悪口を、あるいは言うべきこと、したがってここに書くことができないようなことを言って聞かせた。兵士あがりは耳を傾け、口ひげを動かしながら、やわらかな明るいまなざしで俺たちのことを見ていた。そして突然、「ところで、この建物には女が多いな」と言った。

俺たちのうちの何人かが媚びるように笑ったが、顔をしかめた者もいた。誰かが、ここには女が九人ばかりいると説明した。

「で、女たちとは、よろしくやっているかい？」兵士あがりは目配せしながら言った。

俺たちはまた笑ったが、それはぱっとしない、困惑の笑いだった。自分が兵士あがりと同じく大胆不敵な男であるふりをしたい者も何人かいたのだが、その勇気は出なかった。実際、俺たちにそんなまねができるはずもなかった。ひとりが小声でこう告白した。

「俺たちが、どこでよろしくやれるっていうんだ」

「ま、そうだな。あんたらには無理だろうな」

兵士あがりは、俺たちをじっと見ながら、自信ありげに言った。「あんたらは、何と言うか、向きじゃねえよ。根気が足りねえし、ちゃんとしてないと言うか、つまり、見かけがよ！　ところが女にとっちゃ、何より見かけが大事なんだ。がたいが良くて、それでいて全身すっきりしてなくちゃならないのさ。おまけにあいつらは力を尊ぶ。腕なら、ほら、こんなふうでなくちゃならないんだ」

兵士あがりはポケットから右手を出し、袖をまくりあげ、肘までむき出しにしてみせた。腕は真っ白だが力強く、金色のうぶ毛に覆われて光っていた。

「足も、胸も、何だって、がっちりしてなくちゃだめなのさ。それからな、人間はちゃんとした服装をしなくちゃならん。それが物の道理、美学ってやつよ。だから俺は女にもてるぜ。こっちが声をかけたり誘ったりしなくても、あっちから、どんどん抱きついてくる」

兵士あがりは穀粉の袋に腰を据え、自分がどんなに女にもてるか、度胸良く付き合って来たかを長い時間かけて話した。話し終えると立ち去ったが、ドアがきしみながらその背後で閉まると、俺たちは奴と奴の話について考え込み、しばらくのあいだ黙っていた。その後で突然、いっせいに話しだしたが、皆が奴を気に入ったことは、すぐにわかった。率直でたいした野郎だ、わざわざやって来て腰を下ろし、話し込んで行ったのだ。俺たちのところに来てくれた人間なんて、これまで誰ひとりいなかった。俺たちと、あんなふうに親しく話した奴など、これまでいやしなかった。

それから、奴がこれからお針子たちのあいだで得るであろう成功について話し合った。お針子たちは、俺たちに中庭で会っても、怒ったように唇をかみしめ、脇に寄ってやり過ごすか、あいつらの面前に俺たちがいないかのように、まっすぐ突っ込んでくるかのどちらかだった。俺たちの方では、娘たちが部屋の窓のそばを通り過ぎるときや、中庭などで出くわしたときに、ただ見惚《みと》れているばかりだった。あいつらは、冬は特別な帽子をかぶり、外套を着込んでいた。夏は花のついた幅広の帽子、手には色とりどりの日傘を持っていた。そんな娘たちについて、俺たちは、もし向こうが耳にしたら、恥と怒りで我を忘れるかもしれないような陰口を交わしていた。

「だがな、あいつがターニャを堕落させたら、どうしよう」パン焼き係が突然、心配そうに言った。

この言葉に驚いて、みんな黙ってしまった。それまでは、なぜかターニャのことを忘れていた。がっちりしているけれど、すらりと見える兵士あがりの姿が、俺たちの視線をさえぎって彼女を見えなくしていたような具合だった。それから声高な議論が持ち上がった。ある者はターニャに限ってそんなはずはないと言い、ある者はあの兵士あがりに攻められたら、あの娘だって持ちこたえられないだろうと主張した。もしあの野郎がターニャに付きまとったりしたら、奴の肋骨をへし折ってやらなきゃならんと言う者もいた。そして最後は、みんなで二人をよく観察し、必要なときには、奴に気をつけるよう、娘に警告するということで話がついた。

それからひと月の時が流れた。兵士あがりは白パンを焼き、よく金糸刺繍のお針子たちとうろついていた。俺たちの仕事場にも立ち寄ってくれたが、娘どもを征服したことについては何も話そうとはしなかった。ただいつも口ひげをひねり、満足そうに舌なめずりをするだけだった。

ターニャは毎朝、「巻パンちゃん」を取りに、俺たちのところにやって来た。いつも明るく、かわいくて、愛想が良かった。俺たちは兵士あがりについて話してみたが、ターニャが奴のことを「出目牛」とか、そういったたぐいのおかしなあだ名で呼んだりするので、安心していた。お針子たちが兵士あがりにめろめろになっているのを横目で見ながら、俺たちは俺たちのターニャを誇りに思っていた。奴に対するターニャの態度にうれしくなった俺たちは、その態度に倣って、自分たちでも兵士あがりを少しあなどるようになった。そしてターニャを前よりももっと好きになり、毎朝、さらにやさしく、心をこめて出迎えるようになった。

けれども、あるとき、兵士あがりが少し酔っ払って、俺たちのところに来て、腰を下ろすと大笑いしだした。何を笑っているのかと尋ねると、こんなことを言った。

「俺のせいで、リーディカとグルーシカの二人が大喧嘩よ。奴らがどんだけ血まみれになったと思う？ へっへっ！ 髪を引っ張り合って、玄関のところで取っ組み合いに馬乗りときたもんだ。おたがいに顔を引っかき合って服はぼろぼろ、おかしいったらなかったぜ！ 女というのはなぜ、まともな喧嘩ができないんだろうな。なんだって、よりにもよって、ひっかき合いなのかね」

奴は溌剌として、格好よくベンチに座り、ずっとうれしそうに腹を抱えて笑っていた。俺たちは黙っていた。なぜだか奴のことが不愉快でしかたがなかった。

「いやはや、俺が女にもてることと言ったらよ。え、おかしいじゃないか。ウインク一つで、あっちはもうお待ちかねだからな、笑っちゃうぜ」

奴は、金色のうぶ毛に覆われた白い両腕を上げてから、膝にぴしゃりと打ち下ろした。そして心地よさそうな、びっくりしたような目つきで俺たちをじっと見た。まるで自分がなぜ女たちとこんなにうまく行くのか、心から驚いているようだった。大きな赤らんだ顔が、自己満足と幸福とで、てかてかと光っている。奴は満足そうなようすで、ひっきりなしに唇をなめた。

パン焼き係がかまどの前のでっぱりを怒ったようにしゃもじで強くこすり、とつぜん馬鹿にした口調で言った。

「力じゃあ大木は倒せねえぜ。お前がなぎ倒したのは雑草だけだ」

「そりゃあ、いったい……。お前は俺に言ってるのか」兵士あがりが聞き返した。

「お前にだ」

「どういう意味だ？」

「別に……。もうよそうぜ」

「いや、お前、ちょっと待て！　どういうことだ。それはいったいなんのことだ」

パン焼き係は、しゃもじで作業をしているのにかこつけて、答えようとしなかった。湯通しした巻パンをかまどに投げ込み、よく焼けたやつを取り出して、巻パンをひもに通す係のガキどもが待ち受けている後ろの方に、音が出るほど勢いよく放り投げた。

パン焼き係は兵士あがりの存在も、たった今のやり取りも、すっかり忘れているようだった。だが兵士あがりはなんだか急に不安になったようすで、立ち上がると、パン焼き係が空中でめまぐるしく動かしているしゃもじの柄で胸を突かれないよう気をつけながら、かまどの方に近づいた。

「いや、言えよ。大木ってのは誰のことを言っているんだ。お前は俺を怒らせたぜ。俺から逃げられるような女はひとりもいない。いるはずがない！　なのに、お前はそんな口をききやがって」

兵士あがりは本当に心の底から腹を立てているらしかった。奴にはきっと女をたらしこむよりほか、誇るものが何もなかったのだろう。ひょっとしたら、この能力のほかには、奴の人生で役に立つものはなかったのかもしれない。生きているという実感を味わえるものが、それしかなかったのかもしれない。

自分の人生で一番かけがえのないものが、精神や身体の病であるという人間がいる。彼らは生きているあいだ、ずっと病とともにあり、病によって生きているのだ。病に苦しみながら病によって自分を養い、病の苦しみを話すことで近しい人たちの注意をひきつけている。病によって他人から自分への共感を引き出しているのだが、その他には何も持ってはいないのだ。こうした人間は、治療して病が取り除かれると、ふしあわせになる。生きるための唯一の糧を失うからだ。空っぽになってしまうのである。自分の不健康を誇り、それによって生きるほかないような、みじめな人生というものもままあるのだ。毎日が単調でわびしいというだけで、人間がダメになってしまうことも少なくないのである。

兵士あがりは激怒して、パン焼き係に詰め寄り、ほえた。

「言ってみろ、誰のことだ？」

「聞きたいか？」奴の方に急に向き直って、パン焼き係が言った。

「言ってみろ！」

「ターニャを知ってるか？」

「ふん？」

「そうさ、ターニャだ。落としてみろ！」

「俺が？」

「お前がだ！」

「あいつを？　あんな女は目じゃねえ！」

「さあどうかな！」

「よし、見ていやがれ！」

「あの娘はお前なんかに……」

「一カ月で落としてやる！」

「あんなにいばっておいて、一カ月もかかるのか？　ええ、兵隊さんよ！」

「よし、二週間だ！　見ていろ！　ターニャが何だってんだ！」

「そこをどいてくれ、邪魔だ」

「二週間ありゃあ十分だ！　え、この野郎……」

「どいてくれと言ってるだろう！」

パン焼き係は急に凶暴になり、しゃもじを振り回した。兵士あがりは驚いて後ずさりし、俺たちの方を見て、口をつぐんだ。それから小声で「見ていやがれ！」とすごんで立ち去った。

俺たちはこの言い争いに興味をひかれていたが、ずっと黙っていた。だが兵士あがりが出て行くと活気づき、ざわめきやどよめきが一斉に起きた。

誰かがパン焼き係に言った。

「パーヴェル、てめえは何てことをしでかしたんだ！」

「いいから働きな」パン焼き係はきつい口調で答えた。

兵士あがりが痛いところを突かれたこと、ターニャに危険が迫っていることを俺たちは感じていた。俺たちは皆、それを感じていたが、同時になぜか心地よく、焼けつくような好奇心にとらわれてもいた。これからどうなるだろう？　ターニャはあの野郎の誘惑に打ち勝てるだろうか？　そしてほとんど誰もが確信をもって叫ぶのだった。

「だってターニャだぜ、持ちこたえるさ！　あの娘は、そう簡単には落ちないよ！」

俺たちは、俺たちの偶像の強さを試してみたくてしかたがなかったのだ。俺たちの偶像が堅固であり、この戦いで勝者となるに決まっていることを、俺たちは張りつめた気持ちでたがいに論証しあった。しまいには、けしかけ方が足りなかったので、兵士あがりはさっきの言い争いを忘れるかもしれない、奴の自尊心をもっと刺激しなくてはという気になってきた。

俺たちはこの日から、特別に神経の張りつめた生活を、今まで経験したことがないような生活を始めた。俺たちは毎日論争していたおかげで、誰もが賢くなったみたいで、口数も多くなり、うまくしゃべれるようになった。悪魔と賭けをしているような気分だった。俺たちの方の賭金がターニャなのである。だから白パン作りの奴らから、兵士あがりがターニャをくどきだしたと聞いたときには、われながらぶきみなほど関心をかきたてられ、生きていることがおもしろくなった。主人が俺たちの活気づいているのを良いことに、一昼夜にこねる生地のノルマを十四プード[1]も増やしたことにも気づかないほどだった。

俺たちは今はもう、仕事で疲れることすら忘れてしまった。俺たちの口はターニャの名前を、日がな一日連発した。そして毎朝、今までよりももっと期待に満ちて、ターニャを待ち受けるようになった。仕事場に入ってくるターニャがもう昨日までと

1 プードは重量単位。一プードは約一六・三八キログラム。

は違った、別のターニャになっているんじゃないかと心配なときもあった。

だが俺たちはこの争いについて、本人には一言も言わなかった。何かを尋ねるわけでもなく、前と同じように心をこめて、ていねいに接していた。けれども俺たちとターニャの関係には、これまでとは違う、新しい何かが忍び込んでいた。それは好奇心だった。鋼《はがね》の刃《やいば》のように鋭く、冷たい好奇心だった。

「さあみんな、今日が期限だ」その朝、仕事に向かいながら、パン焼き係が言った。言われるまでもなく、俺たちはそのことをよくわかっていた。だが、それでもやはり胸がどきどきした。「あの娘をよく見るんだぞ。もうすぐ来るからな」

誰かが残念そうな大声をあげた。

「だけど、見ただけで、いったい何がわかるって言うんだ」

そして俺たちのあいだで、やかましい、活気に満ちた議論がまた始まった。俺たちはついに今日こそ、自分たちの最良のものを注ぎ込んできたあの器が、どれほど汚《けが》れを知らぬ清らかなものであるかを見ることになるのだ。俺たちはこの朝初めて、自分たちがじつに大きな博打を打っていることに気づいたのである。自分たちの偶像の清らかさを測るこの試みによって、俺たちは偶像そのものを失うかもしれないのだ。俺たちは、あの兵士あがりが、このところずっと、ターニャをしつこく追い回していると聞いていたが、なぜだか誰も彼女に向かって、奴のことをどう思っているか、尋ねようとはしなかった。ターニャはあいかわらず毎朝、きちんと俺たちのところに巻パンを取りに来ていたが、少しもふだんと変わりなかった。

この日もまもなく、俺たちは彼女の声を耳にした。

「囚人さんたち！ 来たわよ……」

俺たちは急いでドアを開けてやったが、ターニャが中に入って来たとき、いつもと違って沈黙で迎えてしまった。皆、どんぐりまなこで彼女を見ていたが、何を話せば良いのか、わからなかったのだ。俺たちはターニャの前に、黙りこくった暗い群れとなって突っ立っていた。そして突然、さっと青ざめ、不安そうに、その場でもじもじし始めた。ターニャはどうやら、いつもと違う出迎えに驚いたようだった。そして押しつぶされたような声で尋ねた。

「あんたがた、何よ、どうしたのよ」

「お前こそ、どうしたんだ」娘から目をそらさずに、パン焼き係が暗い声で吐き出すように言った。

「あたしが……どうしたってさ」

「いや、何でもねえ」

「さっさと巻パンちゃんをちょうだい」

ターニャが俺たちを急《せ》かすなんて、これまで一度もなかったことだ。

「もうすぐ焼けるさ！」パン焼き係はその場を動かず、娘の顔をじっと見たまま言った。

するとターニャは急に向きを変え、ドアの向こうに消えてしまった。

パン焼き係はしゃもじを手に取ると、炎の方に向き直りながら、冷静に言った。

「つまり、落ちたっていうわけだ。軍隊くずれが！　あのろくでなしめ！」

俺たちは羊の群れのように、たがいに押し合いながら作業台に行き、黙って座ると、ぼんやりと働きだした。やがて誰かが言った。

「もしかしたら、まだ……」

「いったい何だ、言ってみろ！」パン焼き係が叫んだ。

俺たちは皆、パン焼き係が頭の良い人間だということを知っていた。奴は俺たちより賢かった。だから俺たちは、奴の叫びが兵士あがりの勝利を認めたものであることを理解した。わびしくなり、落ち着かなくなった。

正午になり、昼休みに入ると、兵士あがりがやって来た。奴は、あいかわらずこざっぱりと洒落こんでいて、いつものように俺たちの目をまっすぐに見た。俺たちも奴を見返したが、ぎこちなさは隠しようもなかった。

「さあて、紳士諸君、お望みなら、軍隊帰りの手並みをお見せしましょうかね?」奴は自慢げにうす笑いを浮かべて言った。「出入口に来て、戸板の割れ目からのぞいていてくれ。わかったか?」

俺たちは押し合いながら仕事場を出て、中庭に面した板張りの戸板の割れ目にへばり付いた。そんなに長く待つ必要はなかった。すぐに心配顔のターニャが急ぎ足で現れ、雪が融けてできた水たまりや泥を飛び越え、中庭を通り過ぎて、倉庫のドアの向こうに消えた。その後、今度は兵士あがりが口笛を吹きながら、あわてずに同じ場所に入って行った。ポケットに手を突っ込み、口ひげが揺れていた。

雨が降っていた。落ちてくる雨のしずくがあちこちの水たまりに波紋を作り出すのが見えた。灰色の、湿った、とてもわびしい日だった。建物の屋根にはまだ雪が残っていたが、地面にはすでに泥濘《ぬかるみ》が、どす黒いシミのように現れていた。屋根の雪も泥のようなこげ茶色だった。静かに降る雨が、もの憂い音を立てていた。待っている俺たちは寒くて不快だった。

倉庫から最初に出てきたのは、兵士あがりの方だった。ポケットに手を突っ込み、口ひげを揺らしながら、中庭をゆっくりと通り過ぎた。いつもとまったく同じようすだった。

それからターニャが出てきた。その目は喜びと幸せに輝き、口元はほころんでいた。まるで夢の中にいるようなおぼつかない足取りで、少しよろけながら歩いてきた。俺たちは、これを見ると、もうじっとしていられなかった。皆、いっせいに戸板に殺到し、中庭に飛び出して、意地悪い獰猛な口笛や罵声をターニャに浴びせかけた。彼女は俺たちを見ると、びくりと震え、足元の泥に釘づけにされたように棒立ちになった。俺たちは心のどこかになにか暗い喜びも感じながら、ひわいで恥知らずな言葉でとめどもなくターニャをののしり続けた。

それが一段落すると、俺たちはもう大声も出さす、急ぎもしなかった。取り囲まれているターニャには逃げ場がないので、心ゆくまで彼女をこきおろせるとわかっていたからだ。それでも、どういうわけか、ターニャを殴ろうとする者は一人もいなかった。彼女はまん中に立ったまま、あちこちに顔を向けながら、俺たちの罵詈雑言を聞いていた。俺たちはますます強く、きつく、言葉の泥と毒をターニャに浴びせかけた。彼女の顔から血の気が引いた。ついさっきまでしあわせに輝いていたその青い目が大きく見開かれた。胸が荒く上下し、唇が震えていた。

ターニャを取り囲んで、俺たちは復讐していたのだ。彼女は俺たちの側の人間だったのに、俺たちが捧げてきた最良のものを掠め取ったのだから。たしかに俺たちの捧げものなど、取るに足らないものでしかなかったかもしれない。だがそれは二十六人いる俺たちから、彼女ただ一人への贈りものだったのである。だから、この女の罪に対して、俺たちはどんな苦しみを科しても足りないのだ！　俺たちはどれだけ彼女を侮辱し、ののしったことだろう！　ターニャはずっと黙って、小動物のような目つきで俺たちを見ていた。全身ががたがた震えていた。

俺たちは嘲笑し、吠え、うなった。どこかからさらに何人かが現れ、加わった。誰かがターニャの上着の袖を引っぱった。

突然、彼女の目がぎらりと光った。あわてずに手を頭にのばし、髪を直すと、俺たちの方をまっすぐに見て、大きな、しかし落ち着いた声でこう言った。

「ああ、あんたがた囚人さんはみじめなんだねえ！」

そしてこちらに向かって、行く手をはばむ俺たちが存在すらしないみたいに直進してきた。実際、俺たちのなかに、それでもなお立ちふさがろうとする者はいなかった。ターニャは俺たちの円陣の外に出ると、振り返らずに、さっきと同じく大きな誇り高い声で、さげすむように付け加えた。

「あんたがたは、下衆《げす》の集まりだよ、いやらしいったら！」

そして立ち去ったのだ――背すじをまっすぐに伸ばして、美しく、尊厳をもって。

俺たちは中庭に――雨の下に、太陽のない灰色の空と泥土のあいだに取り残された。

それから俺たちは無言のまま、自分たちの湿った石の穴倉に戻った。陽の光は、今までと同じように、俺たちの窓にはけっして射すことがなかった。ターニャはその後、二度と訪ねて来なかった。

グービン

その男を最初に見た場所は居酒屋だった。タバコの煙のたちこめる店の隅に陣取り、テーブルの向こう側からしゃがれ声で叫んでいた。

「俺はきさまらの正体を知っているぞ。この街の真実をすべて知っているんだ！」

がっちりした商人風の五人ばかりが男を半円形に取り囲み、皮肉な合いの手を入れて、適当にからかっていた。そのうちのひとりが冷たく言った。

「グービン、誰も彼もを罵倒するだけのお前に、どうして真実がわかる？」

すり切れた服を着て神経質にいら立っているグービンと呼ばれた男は、知らない街で屈強な群れに取り巻かれておびえ、さっきまでおすわりをして尻尾《しっぽ》を振って媚びていた迷い犬が、急に歯をむき出して敵を威嚇し、うなったり吠えたりし始めたかのようだった。群れの方では、相手がみじめで無力であることを見て取り、怒るのさえ面倒だといわんばかりに落ち着きはらって、はぐれ者にたいした興味もないのだが、ただ自分たちの優位を示すためだけに吠えたてていた。

「この世に、お前を必要とする人間がひとりでもいるか?」

酒場でよく取っ組み合いの原因となる「真実」についてのこうした口論は、私にはもうだいぶ前からおなじみだった。自分でも幾度となく首を突っ込み、盲人が泥沼にはまったように、抜け出せなくなったこともある。だが私は、グービンと出会う少し前から、罵声が飛びかい、よく激昂や流血に至るこの種の議論が、出口もなく意味もないロシアの憂鬱な生活の反映に過ぎないのだと感じるようになっていた。ロシアの暗い生活は、人影もまばらな森また森が続く郡部や、濁ってぬかるんだ川辺や、幸福から見放されたような小さな町のいたるところに見られた。ひとは「真実」について言い争いをするけれども、じつは何も求めておらず、あるいは自分が何を求めているのかを知らず、ただ人生の退屈をまぎらすために、どなったり喚いたりしているに過ぎないのだという気がした。

居酒屋の窓は開け放たれ、人々の頭上には、紫煙が消えることなく、雲のように漂っていた。ランプのあかりは、池の少しも動かない水面に咲いた黄色い睡蓮に似ていた。窓の外には、葉ずれの音もささやき声もない、静かな八月の夜が広がっていた。私は暗い空に輝く星座を見上げ、憂鬱の重みに押しひしがれて、ひょっとしたら空や星が存在するのは、人間のこんなみじめな生活を神さまから覆い隠すためなのだろうかなどと考えていた。

誰かが、確信ありげな穏やかな声で、まるで書かれたものを読み上げるように、こう言うのが聞こえた。

「もしクバーソフ村の百姓どもが自分たちの森を守れなければ、火の手は、まちがいなく明日には南の方角から押し寄せて来る。そのときにはビルキン家の森も、もちろん、すっかり燃えつきてしまうだろうよ」

その声に居酒屋の喧騒は一瞬静まったが、疲れきったグービンの場違いな言葉がその静けさを破った。

「規則というのがどういうものか、わかっているのか？」

ぎこちなくやり取りされる言葉がぶつかり合い、男たちの思考を止めてしまう。声はだんだん大きく、敵意がむきだしになってきた。その喧騒のなかで、私はなぜか、ナンセンスな詩の一節を思い出していた。

神さまが人間に水をお与えなさった
水は飲むもの洗うもの
そいつに溺れちゃ埒もない

しばらくの後、私は居酒屋の入口の階段に腰を下ろし、広場の反対側にぽつんと鈍く光っている司祭の家の窓を眺めていた。窓には黒い人影が映っては消え、そこからは悲しげでうつろなギターの低い音が流れてきた。ときどき「いや、待ってください！　僕に言わせてください！」という、かん高く、いらいらした大声が響き、続けて「お待ちなさい、お待ちなさいってば」という別の声がとぎれとぎれに聞こえたが、どちらも底なしの袋のような深い静寂に吸い込まれてしまった。

家々は闇に圧迫されて、まるで墓場の低い盛り土のように見えた。屋根にかかる木々の影は、黒雲を思わせた。広場の奥に、あかりが孤独にともっていた。動かない透明な球となって空中に浮かんでいるその光は、タンポポの花のようだった。憂鬱だった。何もしたくなかった。

もしこのとき、闇の中から近づいてきた何者かに頭を殴られたとしても、私はばったり地面に倒れるだけで、自分が誰にやられたのかさえ、わからないままだっただろう。同じひとつの考えが、まるで忠実な犬のようにつきまとって、どうしても頭から離れなかったのだ。

『このすばらしい大地は、はたしてこんな人間どものために存在しているのだろうか？』

誰かが大きな音を立てて、居酒屋から飛び出してきた。私の横をすり抜け、つまずいて階段を地面まで転がり落ちたが、ほこりまみれになりながらもすばやく立ち上がり、闇に消えた。「何もかも身ぐるみはいでやる。一文無しにしてやるからな。呪われちまえ！」と叫びながら……。

入口に人々の暗い影が立ち、言葉を交わしていた。

「聞いたか、あれはきっと放火するというおどしだぞ」

「いったいどこに火をつけるってんだ」

「気味の悪い野郎だ」

私は一切合切を詰め込んだ袋を肩にかけると、居酒屋を離れ、通りを歩き出した。

乾いた雑草が足にまとわりつき、かさかさと音を立てるのが苛立たしかったが、暖かな夜で、金を払ってまでねぐらを探す必要はなかった。私は墓地に、快適に眠れる場所があるのを知っていた。そこでは、森が柵のぎりぎりまで迫っていて、木の枝が天幕となり、落ちて乾いた松葉がほこりっぽい地面をすっかり覆っているのである。

突然、闇の中から、ひょろ長い人影が飛び出してきたかと思うと、飛びのいた。

「誰だ、てめえは」死んだような静けさのなかで、おびえたしゃがれ声が響いた。さっきのグービンだった。

しばらくの後、私たちは肩を並べて歩いていた。グービンは、私の出身地や、この街に来た目的を細かく問いただしたあと、古い知り合いを誘うように、こう言った。

「うちに泊まるといい。俺は家持ちなんだ。仕事もある。ちょうど明日からビルキン家の井戸掃除をする話があってな、人手がいるんだ。お前、やるか？　よし、そう来なくちゃ。俺はな、兄弟、いつだって何だって即決なんだ。暗闇でも、相手が何を考えているのかがよく見えるのさ」

だがグービンの「家」というのは、古い風呂小屋《バーニャ》だった。小さな窓が一つしかなく、壁が一部盛り上がっているその外観は、まるで背中の曲がった片目の老婆のようだった。柳とニワトコの茂みに埋もれて、粘土質の谷間に下っていく急な勾配に貼り付くように建っていた。

グービンは、あかりもつけずに、犬小屋のように狭い脱衣場の藁のうえに横になると、さとすような口調で言った。

「寝るときは、頭を外に向けた方がいい。さもないと、匂いがきついぜ」

実際、ニワトコの実や石鹸や炭ガラや、落ち葉の腐った匂いで、胸がむかつくようだった。

横になり、空を見上げてみたが、木々の黒い枝が空をさえぎり、銀色の天の川は見えなかった。オカ河の対岸からフクロウの声が聞こえたが、すぐ傍らからは、活気づいたグービンのおしゃべりが、雨あられと降りそそいできた。

「俺がこんな谷間に住んでいるのは、つまはじきにされているからじゃない。たしかにみんなと対立はしているが、それはつまり、少しは顔だということさ」

今は暗くてグービンの顔が見えなかったが、さきほど酒場で見た、ランプの黄色いあかりに光っていたはげ頭が目に浮かんだ。キツツキのようにとがった長い鼻。血の気のない頬。硬くて赤みがかった無精ひげ。薄い唇。ナイフでくりぬかれたような口からは、残っている真っ黒な歯がのぞき、印象を悪くしていた。耳は、ネズミのようにとんがっていたから、よく聞こえるに違いない。あごひげがないために、なにかちぐはぐな風貌だったが、彼が百姓でも商人でもなく、なにか特殊な境遇の人間であることは一目瞭然だった。骨ばった体つきで、手足がひょろ長く、膝も肘もとんがっている。まるで全身が木の枝のようで、縄でくくりでもしたら、ぽきりと折れてしまいそうだった。

彼の話が聞き取りにくかったので、私は黙って空を見ていた。空では星座が、互いに追いつこうとするかのように巡っていた。

「眠ったか？」

「いや、まだ……。なあ、なんだってあんたは、ひげを剃るんだい」

1　ロシアの伝統的な風呂《バーニャ》は、石を積んで熱し、汗を流すサウナ方式である。風呂は多くの場合、サウナと洗い場を兼ねる部屋と、脱衣と飲食用の部屋から成る独立した家屋で、入浴者は風呂で汗を流しては、隣室でお茶や、ときにはウォッカと軽食をとる。グービンは、もう使われなくなり、廃屋となった風呂小屋を勝手に占拠して、自分のねぐらにしているのである。

「いけないか？」

「たぶん、あごひげを生やした方が見栄えがするよ」

グービンは笑いだし、短く叫んだ。「あごひげ！　見栄え！　くだらんことだ」

それから、なぜか厳しい口調になった。

「お前なんかより、ピョートル大帝やニコライ一世の方が、よっぽど賢いぜ。あごひげを生やした者の鼻をそぎ、そのうえ百ルーブリの罰金まで取ったんだから！[2]　聞いたことがあるだろう？」

「いや、初耳だよ」

「教会が分裂したのも、それが原因だ。あごひげのせいさ[3]」

グービンの早口は舌足らずで、まるで言葉が残っている歯にひっかかって裂けて砕けた後、口から不完全なかたちで漏れてくるようだった。

「人間はあごひげがあった方が生きやすい。嘘をつけるからな。ひげがあれば表情を隠せるというのは、誰にでもわかる道理だ。だから皆がひげを剃って、嘘のない世の中にしなくちゃならないのさ！　ひげがなきゃ、嘘をついても、すぐばれるからな」

「でも、女の場合は？」

「女がどうした。女が嘘をつくのは亭主に向かってだ、街や村会のお偉いさんにじゃない。それに、女の仕事は、雌鶏のように、だまって雛をかえすことさ。女が嘘をついたところで、なんの害がある？　女は司祭じゃない。お役人でも市長さまでもない。

2　グービンのこの発言には、事実と誤認が入り混じっている。十八世紀初頭にロシア社会の西欧化を推進したピョートル大帝（在位一六八二～一七二五年）が、聖職者を除く官僚があごひげを蓄えるのを禁止する政令を出し、違反者から最大百ルーブリの罰金を徴取したのは事実だが、鼻をそぐ等の刑罰は、少なくとも法制化されることはなかった。ニコライ一世（在位一八二五～五五年）の名前が挙げられているのは、彼の統治下で古儀式派教徒（注3参照）への迫害が強化されたことを反映しているのだと思われる。

3　モスクワ総主教ニコンによる典礼改革に反対した多数の信徒が、独自の信仰を保持しようと公式の教会の下から脱した十七世紀半ばの動きを指している。以来、公教会を脱した人々は、旧教徒、分離派、古儀式派などと呼ばれている。ただし、古儀式派信徒があごひげ他の古来の習慣の維持に努めたことは事実だが、教会分裂の主要因は、ニコンがロシア正教会の典礼を、オスマン・トルコ帝国支配下のギリシャにある東方正教会総本山のそれに合致させようとしたことに、自分たちの伝統に至上の価値を見いだしていた人々が宗教的な堕落を認めたことである。グービンが言うような、あごひげの禁止が教会分裂の原因であったという事実はない。

権力もないし、法を定める立場でもない。大切なのは法だ。法律の前では嘘をついちゃいけない。法には正真正銘の真実があるんだ。俺は、この街の奴らの無法ぶりに、つくづくうんざりしているんだ」

外の方に目をやると、開けっ放しにされた脱衣場のドアは、教会の入口を思わせた。闇の中の木立は教会の柱のよう、星の下の白樺の幹は、無数のあかりがゆらめいている銀の燭台のようだ。誰かの暗く青ざめた顔が、黒い法衣を透かして、ぼんやりこっちを見ているように感じられる。薄気味悪さが音もなく心に沁みてきた。立ち上がって闇の中に入って行き、夜のすべての恐怖と直接向き合いたい気もしたが、グービンが矢継早にくり出すおしゃべりのせいで動けなかった。

「俺の親父は、出来は良かったが、変わり者で嫌われていた。二十歳かそこらで市会議員に当選し、最初のうちは皆の面倒を見たり、いろいろ助言して回ったりしていたらしい。だが結局は、街のやつらの頑固さと愚かさに勝てなかった。天からの使命を果たせずに終わったのさ。親父は恐れられていた。すべてを粉々に、根こそぎにしようとしたからな。法というやつを、釘みたいに、人間の心のど真ん中に打ち込まなくちゃならないと知っていたんだ」

床下でネズミが騒ぎ、オカ河の向こう岸ではフクロウが鳴いている。しだいにヤニの焦げる匂いが強くなってきた。森が燃えているのだ。ときおり暗い空に赤いまだら模様が浮かび、星々のぼんやりとした瞬きを覆い隠しては消えた。

「親父は、俺が十七歳、リャザンの街の学校を卒業したばかりのときに急死した。するると、周囲の積もり積もった反感が全部、俺にのしかかってきた。お前は親父にそっくりだとか言われてな。おふくろは親父より二年ばかり前に錯乱して死んでいたから、正真正銘、ひとりぼっちさ。退役下士官の叔父がいたが、プレヴェンの戦役[4]で片目をなくし、左手も負傷して麻痺が残っていた。英雄は英雄だったかもしれんが、飲んだくれでな。十字勲章を鼻にかけ、何かというと俺をあざ笑い、やれ教養のある方はだの、学者さんはだのと言いやがった。〈ティベルシア〉とはいったい何だと聞くから、そんな言葉はないと言ったら、俺の髪をひっつかんで、もうめちゃめちゃさ。自分の野卑を棚に上げて、俺が教養をひけらかすと言っては、ひっきりなしに恥をかかせた。

4 一八七七~七八年の露土戦争で、ロシア軍がトルコのプレヴェン要塞を半年の激戦の末に陥落させた戦い。

そのうち、街の誰もが、俺を馬鹿者扱いするようになった。ぼんぼん呼ばわりのうちは、まだましだったんだがな」

思い出話に勢いづいたグービンは体を起こし、敷居に座りこんだ。その姿は、開いた戸の向こうに見える、長方形に区切られた青ざめた夜を背景にして、黒いしみのように見えた。音を立ててパイプを吸うたび、長すぎる鼻が浮かび上がる。猛烈な早口で話し続けた。

「二十歳のとき、身寄りのない女と結婚したが、子供も産まないうちに病気で死んでしまった。それでまた、ひとりぼっちさ。支えもなければ、助言もない。ひとりの友達もいない。ただ生きていると言うだけさ。うまく行きっこないとわかってきた」

「何がさ」

「何もかも、すべてがだよ。ここは底なしに愚かで、野蛮な土地だ。犬さえ、とんでもない時に吠えやがる。俺が『職業訓練学校を開きましょう』と言うと、街の奴らは『職工は飲んだくれと相場が決まっている、今いる連中だけで、もうたくさんだ』と言う。『女子のための学校を建てましょう』と提案したら、『女は学問なんかなくても、時がきたら、ちゃんと子供を産むものさ』とあざ笑う。マッチ工場を建てたら、一年も経たないうちに焼けちまった。袋小路さ、どうしようもない。そのうち、新しい女に夢中になって、そいつのまわりを朝から晩までうろついた。血迷って、鐘楼の周囲を飛ぶツバメみたいに、地に足が着かなくなってしまった。我を忘れて三年、気がついたら素寒貧《すかんぴん》さ。財産は全部、女の手に渡っていた。二十八歳にして一文無しだ。いや、後悔はしていないぜ。めったにない経験をしてきたからな。持って行くなら行きやがれだ！　莫大な財産があったって同じことさ、どうせ俺には何もできやしなかったんだから。だが、あの女はそうじゃない。なあ兄弟、あいつは今では街じゅうで顔さ。もちろん昔はこんなこと考えてもみなかったが、すべてを失くした今では――『失くなるものなんて何ひとつない』というのがあいつの口癖だが――よくわかるのさ」

「あいつって誰さ」

「商人の女房でな。よくスカートの裾をまくってみせては、『私の体はいくらの価値があるの？』と聞いてきた。そのたびに俺は『これは愛だ、金の問題じゃない』って答えたものだが、三年たったら、何もかもなくなっていたよ――煙みたいにな！　もちろんそのときは世間から馬鹿にされたし、こづかれもした。だが負けはしないぜ。

俺は世の中のことはすべてわかっているんだ。間違っていることを見て、黙っているつもりはない。口を出すなと言われても、そうはいかない。俺にはもう魂と口しか残っていないんだからな。今ではそのせいで憎まれ、馬鹿者扱いされているが」

「あんたは、世の中がどうあるべきだと考えているんだ？」

グービンは長いこと黙ったまま、音を立ててパイプを吸いつづけた。暗闇の中に、彼の鼻が赤く浮かび上がった。

「そんなことをわかっている奴なんて、いやしないさ」彼は静かに、ゆっくりと言った。「俺だって、さんざん考えてはきたんだが」

私は、グービンがこの街で孤立し、嘲笑されながら、誰にも必要とされない人生を生きていることを思った。誰にも必要とされない存在になるおそれは自分にも十分あったので、憂鬱に心をしめつけられ、眠れなくなった。

ロシアには、人生に失敗した人間が満ちあふれている。私はよく、そういう人たちと出会う機会があった。いつも失敗者には、磁石のようなふしぎな力によって注意をひきつけられる。彼らは田舎によくあるタイプの人間よりも興味深く、優れているように見えた。田舎の連中はただ食べるために働き、生きている。せっかくのパンの味をまずくしたり、手近の弱い者からパンを奪ったりすることをためらわない。殻に閉じこもり、陰気で、心が木のようにこわばり、いつも過去ばかり振り返っている。善良をよそおい、わざとおしゃべりになって陽気にふるまうが、じつは心が冷えきっている。それは灰色の人間たちだった。彼らの冷酷さ、貪欲さ、人生のすべてに対する残酷な態度に、私は何度も衝撃を受けてきた。

ロシアの田舎の人間には、何かどうしようもなく冬めいたものがある。春も夏も冬のために生き、冬の閉じ込められた生活、冬の長い夜と寒さを内に抱えて生きているようで、彼らがむさぼるように食べるのも、そのせいだという気がする。

薄気味悪いほどかたくなで退屈な、これらの冬めいた連中のなかにあって、人生に失敗した者はひと目でわかった。彼らは思慮深く、生き生きとしていて、視野が広かった。日々の糧と金儲けという退屈な領域のかなたにあるものを見すえていた。新たなことを受け入れる心を持ち、より良いものをたえず望んでいた。広々とした世界をめざし、光や炎を愛し、彼ら自身も燃え輝いているようだった。

だが実際には、それは朽木が燃えつきる前の、最後の輝きにすぎなかった。腹立たしく悲しいことだが、失敗者をよく知るにつれ、彼らが怠惰でほら吹きで、自己愛に溺れ、嫉妬にゆがんだ、ちっぽけで弱い人間に過ぎないことがわかってくる。言葉と行動の乖離は、内に冬を抱えた者よりも、失敗者の方が大きかった。冬めいた連中は、たとえ鴨のようによたよたと地面を歩いてでも、着実にどこかへ進んでいく。ところが失敗者は、鏡の前の永遠の乙女のように、いつまでも同じ所をうろうろしているのだった。

グービンの話を聞きながら、私はこれまでに出会ってきた、彼と同じような人たちのことを思い出していた。

「俺は人生を見つくしたのさ」

グービンが頭をがっくりと落とし、なかばまどろみながら、つぶやいた。

私も寝入ってしまったらしかった。ほんの数分眠っただけのように思えたが、気がつくと、グービンが私の足を引っ張って、起こしていた。

「さあ立ちな、出かけようぜ」

彼は私の顔を灰色の目でのぞきこんでいた。陰気なそのまなざしには、聡明さが宿っているように思えた。長いこと切っていない髪のあいだから、しわくちゃの頰に赤い血管が走っているのが見えた。こめかみには青筋がくっきりと浮かび、むき出しの腕はよじれた革ベルトのようだった。

私たちは人けのない街路を歩いて行った。頭上にはぼんやりした黄色い空が広がり、朝焼けがまだ残っていたが、大気は物の焼ける匂いに満ち、息苦しかった。

「森が燃え始めて、もう五日目だ」とグービンがつぶやいた。「なのに、いまだに消し止められないときている。馬鹿どもが！」

私たちは大商人のビルキンの家に着いた。そこの屋敷はいっぷう変わっていた。一階と中二階からなる元々の家屋に、雑多な様式で建て増しがなされ、通りに面した窓が四つもあった。増築部分が元からの家屋を四方八方から支えているため、屋根まで簡単に上がれそうだった。建物はどれも重厚でがっちりしていたが、私はなぜか、それらが今にも動き出し、中庭や門の外や通りや菜園や果樹園の方角へと散り散りになって行きそうな気がした。さまざまな時代のさまざまな場所から盗まれてきた建物が、泥棒よけの長い釘状の鉄柵が突き出ている高い塀のかげに寄せ集められているような印象だった。緑色のガラス窓はどれも小さく、外界を見ながら、猜疑心と恐怖に捉われていた。中庭に面した三つの窓には、鉄格子がはまっていた。屋根の上には、見張り番のようにどっしりと大きな防火用の貯水桶が置かれていた。

「何を見ている?」井戸の中をのぞきながら、グービンがささやいた。「ここは正真正銘、けだものの巣窟さ。思い切って広々と建て直せば良いものを、何もかも、ぎゅうぎゅうにくっつけていやがる」

グービンは、呪文でも唱えているように唇をもぐもぐ動かし、腹立たしげに目を細めていた。考え深そうな目つきで全部の建物を見回してから、静かに言った。

「元々は、俺の家だったんだがな」

「どういうことさ」

「よくあることよ」グービンは歯が痛むみたいに顔をしかめてそう答えると、急に命令しだした。

「いいか、俺が井戸から水をかい出すから、お前はそれを屋根まで運んで、あの貯水桶に入れるんだ。バケツはこれで、はしごはあそこだ。わかったら、さあ働くぞ」

仕事に取りかかると、彼は意外な怪力を発揮した。私はバケツを片手に、はしごから屋根に上がった。

貯水桶は干上がり、中に水はなかった。すっかり漏れていた。グービンは罵った。

「ここの奴らは本当にどうしようもない。はした金にはけちけちするくせに、いちばん大事なことには頭が回らないんだ。火事が来たら、どうするつもりだ。アホどもが！」

この家の主たちが庭に出てきた。はげで太ったピョートル・ビルキンは、真っ赤に充血した目を大きく見開いていた。その背後から影のように、弟のヨナも姿を現した。赤毛で眉が垂れ、どんよりと濁った目をした陰気な感じの男だった。

「ああ、グービンさん、あなたでしたか！」ぶよぶよした手でラシャの帽子のひさしを上げ、かん高い声でピョートルが言った。ヨナは私を見て首を振り、低い声で尋ねた。

「こいつは、どこのガキだい」

兄弟はどちらも大柄で、孔雀のようにもったいぶっていた。ぴかぴかに磨いた靴を汚さないよう、水びたしの庭を抜き足差し足で歩いた。ピョートルがヨナに言った。

「貯水桶が空っぽなのを見ただろう。お前の部下のヤキームカの仕事じゃないか。あいつはクビにしておくべきだったぜ」

「どこのガキかと聞いてるんだよ！」ヨナが厳しい口調でグービンにくり返した。

「それはまあ、こいつの父親と母親の子どもだろうな」グービンは兄弟の方を見ようともせず、すまして言った。

「おい、もう行こうぜ、時間がない！　どこのガキだろうと、かまわないじゃないか」歌うように母音を長く伸ばして、ピョートルが言った。

兄弟はゆっくりと門の方に向かった。グービンは眉間にしわを寄せ、見送っていたが、二人がまだ木戸の内にいるうちに、冷淡にこう言った。

「愚かな奴らだよ！　継母の才覚に頼って、ぬくぬくと暮らしているが、あの女がいなくなれば、すぐにおしまいさ。あいつらの継母は、とんでもなく賢いんだ。元々は三人兄弟だった。ピョートルとヨナと、もうひとり、アレクセイというのがいて、陽気な色男だったが、殴り合いで死んでしまった。残ったあの二人は、ただの大食らいよ。もっともこの街じゃ、誰もが大食らいだがな。市章が丸パン三つというデザインなのも、伊達じゃねえ。おい、また働くぞ、もう十分休んだだろう」

台所の出入口に、むっちりとして、背の高い若い女が現れた。半そでのジャケットを着て、青いスカートをはいている。青い目の上に手をかざし、庭や屋根を見回してから、おずおずと言った。

「こんにちは、グービンさん」

グービンは口を開けたまま、陽気な目つきで彼女の全身を眺め回してから、手を振って歓迎の意を表した。

「おはよう、ナデージダ。元気かい」

彼女はなぜか、豊かな胸を両手で隠すようにして、赤くなった。やわらかで丸く、いかにもロシア人らしい彼女の顔に、困ったような微笑が浮かんだ。その顔には記憶に残るような特徴が一つもなかった。まるで自然が意匠を描き込む気を失くしたかのように、うつろだった。微笑も、そうすべきかどうか自分でもわからないみたいに、頼りなげだった。

「姑さんは元気かい」

「いつもどおりよ」ナデージダは小声で答えた。

そのあと地面に目をやり、体を左右に揺らしながら、慎重に中庭に下りてきた。私

5 この短篇の舞台となっているミャムリンの街のモデルである、ウラジーミル県ムーロム市の市章が、上部に金の王冠と銀の十字架を伴った獅子、下部に三個の丸型白パンという意匠であることを指している。

の横を通り過ぎたとき、キイチゴや黒すぐりの香りが漂ってくるような気がした。

ナデージダは、鉄枠のはまった小さな扉の奥の灰色の暗がりに消えたが、一分ほどすると、篩《ふるい》を手にして、再び現れた。敷居に腰を下ろし、篩を膝に乗せたが、その中では、もこもこした黄色のひよこたちが動き回り、ぴよぴよ鳴いていた。彼女はひよこを大きな両手に乗せ、頬ずりしたり、赤い唇でキスをしたりしながら、歌うように言った。

「かわいいわね、私のひなちゃん！」

その声には、何か酔ったような、うっとりしたものが感じられた。ぼんやりと赤みがかった太陽が、塀の上に突き出た長く鋭い鉄柵を温め、中庭に光をそそいでいる。屋根から落ちてくる水が小川となって、ナデージダの足元や、庭のいたるところに流れている。その水に陽射しが照り映え、きらきらと輝いている。まるでナデージダの膝にある篩の中の柔らかな黄色のひよこになりすまして、むき出しの白い腕に愛撫してもらいたがっているようだった。

「おお、かわいい、ちびちゃんたち！」

グービンはバケツを引っ張り終えると滑車にかけ、それを支えたままの姿勢で早口に言った。

「なあ、ナデージダ、あんたなら、子どもを六人は産めるぜ」

女はそれには答えず、グービンの方を見もしなかった。


次の日の朝、太陽は銀色の河の向こう岸、もうろうとして黄味を帯びた灰色の煙のなかで、行く先を見失っていた。静かな帯状の河面の上で、薄く透明な靄が渦を巻いていた。ぼんやりした空を背にした緑の森も、刺激臭のする煙にいぶされていた。三方を森に面した静かなミャムリンの街は、まだ眠っていた。だが森の背後には黒煙が迫っていた。煙は街を取り囲み、穏やかなオカ河に近づいていた。河面に映り、透明な水の底にまで入り込んでいた。

朝なのに、わびしい景色だった。新たな一日は何も約束してはくれず、悲しいことのほかには、なんの見通しもなさそうだった。まるで始まる前から疲れているような一日の始まりだった。

私はグービンと並んで、ビルキン家の大きな果樹園の番小屋で、踏みしだかれた藁積みの上に横たわっていた。果樹園は下り勾配いっぱいに広がっていて、リンゴやスモモやナシの梢の向こうには、藁に付いている水銀のような露を透かして街全体が見下ろせた。教会のさまざまな色の丸屋根や、最近塗り替えられたばかりの黄色の監獄や、やはり黄色の税務局の建物が目についた。

これらの建物と街がかたちづくっている黄色が主調の四角形から、私は囚人の背中に縫い付けられる黄色の札を思いだした。筋のように見える灰色の街路は、埃まみれで色あせているボロ地の囚人服に刻まれた深い皺のようだった。この朝、私は陰気なことばかりを思い浮かべたのだが、それは前の晩ずっと心のなかで堪えがたく疼いていた、今とは違う新しい生活への希求のためだったのかもしれない。

それにしても教会は比類ない建物だ。数が多いし、美しい。教会を眺めていると、街全体がそれまでとは違って、愛らしく気持ちの良い姿かたちをしているような気がしてくる。もしも誰もが自分の家を教会のように建てたなら、世界はどんなにすばらしくなることだろう。

この街には、なめらかな壁と小さな窓が特徴の、低くてがっしりとした造りの古い教会があって、街のひとは「領主教会」[6]と呼んでいた。教会には、聖人として認められたこの街の領主と妻の遺骸が安置されている。聖者伝によれば、ふたりは「心優しく、不滅の愛のなかで」、生涯を全うしたという。

前の晩、私とグービンは、ピョートル・ビルキンの女房で、背が高く色白で内気なナデージダが、逢い引きのために庭を通り抜け、風呂小屋《バーニャ》に向かうのを見た。相手は「領主教会」お抱えの聖歌隊の指揮者だった。ナデージダは寝間着一枚に、金色のショールか何かを広い肩にはおっただけの姿で、リンゴの木々のあいだの細い小道を裸足《はだし》で上ってきた。雨の後で庭を歩き回る猫のように、急がず用心深い足取りだったが、何度も水たまりに足を突っ込んでは、柔らかな踵《かかと》についた泥を拭った。リンゴの葉っぱにくすぐられ、小枝に刺されるうちに、彼女は震えだし、足取りもだんだんおぼつかなくなった。

庭の上に広がる暖かな空には、傾いた月が老人のように温厚な顔をのぞかせていた。月は少し欠けていたが、それでもあたりは十分に明るく、ナデージダの姿が木々のあいだから見えるたび、うつろな顔と両の黒い眼窩、少し開いた丸い口、胸にかかった

6 一五四七年のモスクワ教会会議で列聖された十三世紀のムーロム公ピョートルとその妻フェヴローニヤを称えて建設され、彼らの聖骸を安置していた聖母生誕聖堂のこと。

豊かなお下げ髪が浮かび上がった。月の光を浴びて、衣服は青みを帯び、彼女自身も透き通って見えた。ナデージダが空中を漂うように音もなく小道を動き、木陰に入るたび、そこの闇が光るようだった。

それはちょうど零時を過ぎた頃で、私たちはまだ眠ってはいなかった。グービンは、街のあれこれの家系の栄枯盛衰や誰彼の経歴を私に物語っているところだったが、雲のように上ってくる女の姿に気づくと、滑稽なほどあわてて上体を起こし、藁の上に座りこんだ。そして、まるで火あぶりにされる直前のように、全身をがたがたと震わせながら、大急ぎで十字を切った。

「救い主イエスよ、父なる神よ、これはいったいどうしたことでしょう」

「しっ！　静かに！」と私が言った。

グービンは体をかしげ、私の肩をこづいた。

「しかしまあ、まったく夢のようだ。ああ神さま！　あの女の姑、ピョートルの継母も、ちょうどこんなふうにな。そう、同じこの場所だった！」

彼は急に突っ伏し、発作でも起こしたように小さく笑いだした。力なく静かな笑いには、しかし悪意がこもっていた。やがて落ち着くと、私の手を取り、すすり泣くような声でささやいた。

「ピョートルはぐっすり眠っているというわけだ。昨日、バザーノフ家の見合いの席で酔っ払ったから、泥のように寝込んでいるに違いない。ヨナはヴァーリカ・クローチハのところに出かけているから、朝まで帰って来る気づかいはない。ナデージダは心置きなく逢い引きできるって寸法だ」

だが私は、グービンの言葉を聞き流して、めざす場所へと歩んでいく女の姿を見つめていた。それは夢のなかの情景のように美しかった。ナデージダが、あの青い目で周囲を見ながら、夜中に眠ったり起きたりしている生きとし生けるものに、「おお、かわいい、ちびちゃんたち！」とささやきかけているような気がした。

ところが私の横にいて、口から息をもらしながらささやきかけてくるのは、たがの外れた、変てこりんな生き物だった。

「ナデージダは、ピョートルの三人目の女房だ。ムーロムの、同じような商家から嫁いできたんだが、ヨナも兄嫁と関係しているという噂があるんだ。あの女が実際には兄弟ふたりと寝ていて、子どもができないのも、そのせいだというんだな！ ナデージダが聖三位一体の日に警察署長と恥知らずなまねをしているのを、女たちが見たという話もある。署長の膝の上でうめいていたそうだ。もっとも俺は、こっちの話は信じてはいない。署長はもうよぼよぼで、歩くのもやっとの爺さんだからな。ヨナの噂？　ヨナは確かにけだものだが、しかしあいつは継母を怖がっている」

虫食いのリンゴが落ちた。ナデージダは一瞬立ち止まったが、前よりいっそう屈んで、足を速めた。

グービンは途切れなくしゃべり続けたが、だんだん悪意が薄れ、まるで年代記を棒読みしているような、うんざりした口調になってきた。

「考えてもみろ。富を鼻にかけ、ちやほやされている男がいる。街の新しい領主ピョートル・ビルキン！　ところがそいつの鼻先では、じつは悪魔がげらげら笑い転げているというわけだ」

それから彼はしばらく黙り、深いため息をつきながら、ふしぎな震えに身を任せていたが、やがて奇妙な声でつぶやいた。

「十五年ほど前、いやもっと昔だ。あの女、ナデージダの姑も、同じように、愛人のもとに通っていたのさ。まったく、馬みたいに盛《さか》ってたぜ」

盗みにでも行くように、女が忍び足で歩いているようすは、わびしかった。大柄なビルキン兄弟が、赤らんだ冷酷な手にロープと棒を持ち、ナデージダを屋敷から果樹園まで追いつめていく情景が思い浮かんだ。私はグービンのささやきには注意を向けずに、ナデージダが出て来た納屋の壁と、彼女が身を屈めて入って行った風呂小屋の壁の黒い割れ目とを、かわるがわる眺めていた。

「人生はすべて欺瞞だ。妻は夫を、子どもは父親を欺いている。どこもかしこも嘘だらけだ」グービンはまどろみながら最後の言葉をいうと、とうとうまた眠りに落ちた。

東の空が赤紫色に染まり、明るくなったり暗くなったりした。黒煙が渦巻いたかと思うと、炎が灼熱の刃で夜のとばりを裂いた。森は山のように高く堅固に見えたが、その梢を炎の蛇が身をよじらせて這いまわり、赤い舌を出したり、煙に呑み込まれたりしていた。悪意のこもったぱちぱちいう音や、赤と黒との激しい争いのどよめきが聞こえた。雨のように降りそそぐ火花におびえ、木の根のあいだを逃げまどう白うさぎや、煙にまかれ、やけどを負って、のたうつように枝のあいだを飛びまわる鳥たちの姿が、まざまざと目に浮かぶ気がした。炎の蛇は闇を食らい、ますます膨張しながら、ヤニの香りがする森を焼いていた。

風呂小屋の壁の黒い割れ目から、白い人影が転がり出てきた。その人影が走る姿が、木々のあいだに見え隠れした。小声だが命令口調の誰かのことばが、はっきりと聞こえた。

「忘れるなよ、必ず来るんだぞ」

「わかったわ」

「朝のうちに、足のわるい女をやるからな。聞こえたか？」

ナデージダが姿を消した後、別の人影がゆっくりと果樹園を上ってきて、板塀の一枚を動かし、隙間から出て行った。

私は寝つけず、横になったまま、森が燃えるのを夜明けまで見ていた。くたびれた月はいつのまにか空から消え、「領主教会」の十字架の上に、エメラルドのようにひんやりとした緑色の金星が輝きだした。「不滅の愛」のうちに生涯を過ごしたというなら、愛の女神ヴィーナスの象徴である金星がこの教会の上で光っているのは、いかにもふさわしいことだった。一人の女が一人の男に、一人の男が一人の女に一生涯を捧げることこそ、愛というものではないだろうか。

夜の闇が薄れ、朝露が光りだした。濡れて白く見える葉のあいだから、赤いリンゴがほほえみかけてきた。金色のリンゴも香り高く輝きはじめた。頭を真紅に染めたヒワが飛んできたが、黄色い葉が落ちるさまが鳥に似ていたので、ちらちら動いて見えるのが鳥なのか葉っぱなのか、ときどきわからなくなった。

グービンが重い息をついて目を覚まし、乾いてひっついたまぶたを、曲がった指でこすった。まだ夢から覚めきらないようすで、ぼんやりとしたまま小屋の外に這い出し、長い鼻を犬のようにおかしいほど動かして、空気の匂いをかいだ。それから立ち上がると、リンゴの木の太い枝を揺すった。熟した実が何個も落ち、乾いた地面に転がって、草の陰に隠れてしまった。グービンは三個ほど見つけて手に取り、しげしげと眺めてから嚙みついた。ひどく欠けた歯並みが、みずみずしい果肉に突き刺さった。彼はくちゃくちゃと音を立ててかじりながら、落ちていたリンゴをつぎつぎと踏みにじった。

「何だってリンゴをむだにするのさ」

「起きていたのか」彼は振り返り、つるんとした頭でうなずいてみせた。「もったいないなんて思うことはない、いくらでもあるんだから。このリンゴの木は、俺の親父が植えたものだ」

そして機敏な目つきでウインクすると、くすくす笑いながら、ささやいた。

「ナデージダ・イヴァーノヴナは、とんだ食わせ者だな！　見ていろ、俺は今日、この家で花火をぶち上げてやる」

「どうして、そんなことをするのさ」

グービンは顔をしかめ、さとすような口調で言った。

「俺はな、兄弟、皆のために良かれと思ってやっているんだ。悪事や欺瞞を見かけたときには、そいつをどこまでも暴きだす責任が俺にはあるんだ。真実によって生きることを、クズどもに教えなくちゃならないんだ」

雲のかげから太陽が昇ったが、陽ざしは元気のない子供のようにわびしく、ぼんやりとしていた。やわらかな雲の上に顔を出し、森林火災の煙に包まれているようすは、うっかり寝過ごして大地を照らすのが遅れ、すまなく思っているようだった。庭はあたたかな陽の光を浴びて、熟れた果実が発する、酔わせるような秋の香りを漂わせていた。

だが太陽のあとから、雪のように青白い雲がもくもくと湧いてくると、拡がった雲がオカ河に映り、同じように穏やかで青い、もうひとつの空を静かな水面に作り出した。

「さあ始めようぜ」グービンが命令口調で言った。

やがて私は六メートル以上もある深い井戸の底で、冷たい泥水に腰までつかっていた。腐った木の匂いと、他にも何か耐えがたいほど嫌な匂いがたちこめ、息がつまった。バケツで泥をかき、井戸桶に汲み上げ、桶がいっぱいになると、「上げろ！」と叫んだ。

桶は揺れ、私にぶつかってから、しぶしぶのように引っ張り上げられていった。頭や肩に泥の塊が降り、水もぼたぼた落ちてきた。頭上には、色あせた空と無数の星がかすかに見えた。丸くて暗い桶の底にときおり視界をさえぎられたが、太陽が出ているのに星が見えるのは奇妙でもあり、愉快でもあった。

ずっと上を見ていたので、首が痛くなり、背骨がうずいて後頭部が重苦しくなったが、それでも昼間の星から目が離せない。昼の星々のために、空全体が今までとは違って見えた。太陽が空にひとりぼっちではないことが、なぜかうれしかった。

何か雄大なことに思いを馳せたいと思ったが、漠然とした不安が頭から離れず、うまくいかなかった。ビルキン家の人たちが起きて庭に出てきたら、グービンがナデージダのことを話してしまうのではないかと心配だった。

地上からはグービンの声が、まるで湿気でふやけたみたいに、ぼんやりと聞こえてきた。

「またネズミだ。金持ちが聞いてあきれる、十年も井戸掃除をしなかったとはな。どんな水を飲んでいるか考えてもみろ、馬鹿どもが！　おい、気をつけろよ」

つるべがきしみ、桶が井戸のふちにぶつかって鈍い音を立てながら下りてきた。泥がまた頭や肩に降りかかった。こういう仕事は、ビルキン家の人に自分でやってもらいたいものだ。

「替わってくれ！」

「どうして」

「寒くて我慢できない」

「よし。そら引け！」グービンが老いぼれ馬に声をかけ、馬が桶を引き上げた。私は桶のへりにまたがり、上がっていった。地上は明るくて暖かだった。かつてない、初めて味わう心地好さだった。

今度はグービンが井戸の底に降りる番だった。湿った黒い穴から、グービンがののしる声、泥水がたてる鈍い音、バケツが井戸桶の鎖に当たってガチャガチャいう音が、腐臭といっしょに上がってきた。

「ためこんでやがるなあ。おい見てみろ、何かあるぞ。犬だか赤ん坊だか……。あのいまいましい悪人どもめ」

桶の中にあるのがふやけた帽子だとわかると、グービンはがっかりした。

「赤ん坊でも見つかれば、警察に通報してやるのになあ。あいつらを裁判にかけられるのに」

まだらの老いぼれ馬は、目が酔っ払いのように濁って白くなっていた。毛のない耳を動かして青蠅を払いながら、老いた巡礼者のようによどみない足取りで井戸から門戸まで重い井戸桶を引っ張り、門に行き着くたび、骨ばった頭を垂れ、年寄りくさく深いため息をついた。

家のドアがばたんと開き、鍵束を持ったナデージダが、踏みつけられたじゅうたんのように色あせ、赤っぽくなった芝生に出てきた。つづけて、年取った女が姿を現した。その唇は驚くほど厚く、まくれ上がっていた。鼻の下には黒いひげが生え、樽のように丸々とした体つきをしていた。ふたりの女は蔵へ向かった。ナデージダはのろのろとした足取りだった。スカートはそまつなもので、上着は肩からなかばずり落ち、裸足にスリッパを突っかけていた。

「何をじろじろ見ているんだい！」婆さんが激怒して、見えないのではないかと思えるほど暗く濁った目を見開き、こちらに向かってどなった。その目は、赤紫色をした顔の、思いがけない場所に付いていた。

『姑だろうか』と私は思った。

ナデージダは蔵の扉の前で鍵束を姑に渡すと、大きな胸を揺らし、むっちりした丸い肩からたえずずり落ちてくる上着を直しながら、ゆっくり私に近づいてきて言った。

「門の扉の下を掘ってちょうだい、泥が通りに流れ出るように。庭じゅう泥だらけじゃないの。ひどい匂い。あれは何？　ネズミの死骸かしら。おお嫌だ！」

彼女は疲れた顔をして、眼の下に黒いくまができていた。目は一晩中眠らなかった人のように赤く乾き、まだ涼しいのに、こめかみには汗が光っていた。むき出しの肩は、火にほんの少しかざしただけの、細かく赤い皺の寄った生焼けのパンのように、湿って重たげだった。

「くぐり戸を開けてちょうだい、そろそろ足のわるい物乞いの婆さんが来る頃だから。来たら、呼んで。私はナデージダよ。わかった？」

井戸の底から声が届いた。

「そこでしゃべっているのは誰だ?」

「若奥さんだよ」

「ああ、ナデージダか！　俺はその女に話がある」

「何を騒いでいるの?」薄く描いた暗い色の眉を吊り上げようとしながら、彼女は尋ねた。そして枠にもたれ、井戸の底をのぞき込もうとしたが、そのとき私は、自分でも思いがけず、こう口にした。

「あいつは、あんたが夜中に出かけるところを見たんだよ」

「なんですって」

女は肩まで真っ赤になった。太った両手をすばやく胸に当て、黒ずんだ目を大きく見開き、立ちすくんだ。顔が蒼白になり、全身がまるで発酵しすぎたパン生地のように急にしぼんで見えた。その姿は足が地面にめり込んだようで、急に早口でつぶやいたが、明らかに混乱していた。

「ああ神様、あいつは何を見たの?　もう駄目だわ。ねえお前、足のわるい女が来ても、入れないでおくれ。そして、中に入る必要はない、私は行けない、無理だ、そう言っておくれ。一ループリあげるからね。ああ神様!」

井戸の底から上ってくるグービンの叫び声がしだいに大きく、怒気を帯びてきたが、私は女のむせぶようなつぶやきだけを聞き、彼女の豊かな薔薇色の頬が急にげっそりとして、灰色になるのを見つめていた。黒ずんだ唇が震え、話すのも難儀そうだった。目には哀れっぽい、犬のような恐怖が凍りついていた。

だが何度か瞬きすると、ふいに目から恐怖が消えた。女は急に肩をそびやかし、縮めた全身をしゃんと伸ばして、はっきりと言った。

「いいえ、何もしなくていい。なるようになるわ」

そして両足を縛られてでもいるかのように、よろよろと小またで後ずさりした。見ていてじれったくなるほどおずおずと、ゆっくり、まるで盲人のような歩調だった。

「出してくれ!」グービンのわめく声が聞こえた。

引っ張り上げてみると、全身ずぶ濡れで、こごえて真っ青になっていた。グービンはののしりわめき、手を振りながら庭じゅうを跳ね回った。

「いったいどういうことだ、ずいぶん叫んだのに」

「俺は、あんたが見たってことを、ナデージダに言ったよ」

グービンは私の方に跳んできて、悪態をついた。

「誰がそんなことをしろと言った？」

「あんたが夢を見たと言ったんだ。あの人が庭を通って風呂小屋に行く夢をね」

「何だと？　どういうつもりだ」

裸足で泥まみれのグービンは、目をぱちくりして私を見ていた。いやらしい顔つきだったが、何だか滑稽で愚かしげに見えた。

「もしナデージダの旦那に告げ口しても、俺は、そんなのは全部、あんたが夢を見ただけだと言うからね」

「なぜだ」グービンは呆然として叫んだが、そのあと急に思いついたらしく、鷹揚な微笑を浮かべ、小声で聞いた。

「いくらもらった」

私は、自分はただナデージダがかわいそうなだけだ、ピョートルとヨナの兄弟はきっと彼女をぶちのめして半殺しにしてしまうだろうから、告げ口をするべきではないと説明した。グービンは最初のうちは怪訝そうにしていたが、やがて考え込み、そして言った。

「ナデージダがやっているのは、つまるところ、正しくないことだ。金をもらうなら、欺瞞よりも真実のための方がいい。若僧、お前といると、調子が狂っちまうな。やつらが俺を雇ったのは井戸掃除のためだが、こっちはその金で、何もかも全部、きれいさっぱり掃除してやるんだ。そうでもしなきゃ、満足できないんだ」

グービンは再び苛立ち、頭に血がのぼって井戸の周囲を回りながら、ぶつぶつ言いだした。

「なんだって他人の問題に首を突っ込むんだ。ここの者でもないくせに」

日中の乾燥と灼熱の暑さがひどくなってきた。空はあいかわらずどんよりと、まるで骨の髄まで夏のほこりにまみれているようだった。太陽は光を放たない赤紫色のただの球で、月のように、瞬きしなくても見つめられた。

「仲間にして、仕事もくれてやったというのに、お前ときたら！」

そのとき、門の向こうに、腹の血管がどくどくと動くのを見せながら、馬が重々しい足取りで近づいてきた。ビルキン家の建物にさしかかったとき、その馬の上から、どこかの男がしゃがれ声で叫んだ。

「近くの森に火がついたぞ」

とたんに窓がばたんと開き、庭じゅうが大騒ぎになった。口ひげの生えた婆さんが、台所から駆け出してきた。つづけて、もつれた服に片腕を通しただけのヨナが出てきた。窓からはピョートルの赤いはげ頭がのぞき、「おい、急いで馬車に馬をつなげ」と泣き声で叫んだ。

そのときにはもう、グービンが太った赤毛の馬を庭に連れ出していた。ヨナが軽四輪馬車を引いてきた。ナデージダは玄関先に立っていたが、そこからヨナに言った。

「あっちへ行って、まず服をちゃんと着て来なさいな」

婆さんが門の扉を開け放つと、赤い上着を着た小柄な男が、軽くびっこをひきながら、汗だくの馬の手綱を引いて庭に入って来て、陽気な調子で話しだした。

「火の手は二カ所から上がったんで。伐採場と墓場でさあ」

皆は軽い叫び声をあげて、この男を取り囲んだ。だがグービンだけは誰も見ようとはせず、すばやく馬車に馬をつなぎながら、歯の間から押し出すように私に言った。

「自業自得さ。哀れな奴らだ」

門のところに足のわるい物乞い女が姿を現し、ずるそうに目を細めて歌いだした。

「救い主のイエスさまは……」

「主のお恵みがありますように!」ナデージダが青ざめ、おびえて手を振り回しながら叫んだ。「今は……災いが……。森が燃え始めたのよ。来るなら後にして」

窓辺を塞《ふさ》ぐように突っ立っていたピョートルの姿が、急に部屋の奥に向かってよろめき、後ずさりして消えた。代わりに婆さんが姿を現し、蔑むように言った。

「何をうろうろしているんだ。神様の罰が当たったとでも言うのかい? このろくでなしども、ごくつぶしども」

こめかみのあたりが白くなった髪は、絹の頭巾に覆われていた。絹地が太陽に照らされて輝き、頭全体が鋼鉄でできているように見えた。灯明の煙でいぶされたイコンのような顔で、私が今まで見たこともないほど青く瞳孔のない両の目が、ふたつの斑点のように光っていた。

「墓場のあたりはもっと広く伐採しろと言ったじゃないか。ええ、この悪たれども」

婆さんの小さくて鋭い鼻には深いしわが刻まれ、そこから白くなっている両のこめかみに向けて、濃い眉毛が半円状に伸びていた。あたりは静まりかえり、馬が蹄で泥をぱちゃぱちゃいわせる音だけになった。それでも窓から響いてくる、男のように野太い罵倒や非難の声だけは、やむことがなかった。

『やっぱりそうだ、この婆さんが姑だ』と私は思った。

馬を馬車につなぎ終えたグービンが、目下《めした》に語るようにヨナに言った。

「かかしみたいに突っ立っていないで、とっとと服を着て来たらどうだ」

ビルキン家の人たちは庭から出て行った。火事を伝えた使者は、汗だくの馬で駆け去った。婆さんも奥に引っ込み、空っぽになった窓は、それまでよりも暗さを増したように思えた。グービンが泥をはねながら門の扉を閉めに行き、私をちらりと見て言った。

「さあ始めようぜ。森が何だってんだ！」

「グービンさん！」と家の中から低く太い声が呼んだ。

そのとたん、彼は兵士のように直立不動の姿勢になった。

「こちらへおいでになって」

グービンは、手足を軍隊行進の時のように動かしながら、玄関に上る階段の方に向かっていった。最上段に立っていたナデージダが不快そうに顔をしかめ、そっぽを向いたが、彼が通り過ぎると、静かにうなずき、私を呼んだ。

「あいつと何を話していたの」

「しかられた」

「なぜ」

「あんたに話したから」

彼女は重いため息をついた。

「あの人が騒ぎを起こすのは、いつものことよ！　いったい何が望みなんだろう」

怒ったナデージダは頬をふくらませた。丸くてうつろな顔が、なんだか子供っぽく見えた。

「ああ、神さま。誰も彼も、いったい何が望みなんだろう」

暗い灰色の雲が、秋の雨を際限なくはらんで、空いっぱいに広がった。玄関口に近い窓から、姑の声がねっとり流れてきた。まるで巨大な糸巻き車が轟音を立てているかのようだったが、話の内容まではよく聞き取れなかった。

「おっかさんはね」ナデージダが静かに言った。「あいつをやっつけてくれる。私を守ってくれるんだ」

私は彼女の話を聞いていなかった。ただ、窓の向こうで、姑が自分の正しさを一片たりとも疑わず、大きな声で落ち着きはらって語っているのに驚いていた。

「もうたくさん、たくさんですよ、あんたが清廉潔白を気取るのは。いくら他にやることがないからと言ってもねえ」

私が窓にいっそう近づこうとすると、ナデージダが不安そうに言った。

「近くまで行くつもりなの？　あんたが聞くことじゃないわ」

窓からは声がなおも聞こえてきた。

「あんたが人さまのやる事にいちいち盾つくのは、やることがなくて暇だからですよ。退屈だから、気晴らしをしようとしているだけなんだ。あんたは神さまに仕える正義の味方のふりをしているが、ほんとうは悪魔の使い走りをやっているんですよ」

ナデージダは窓から遠ざけようと、しきりに私の服の袖を引っ張った。私は言った。

「あいつの言うことを知りたいんだ」

ナデージダは私をちらりと見て、薄笑いを浮かべ、打ち明けるようにささやいた。

「私はおっかさんに懺悔したのさ。『災いが迫っています、助けてください』ってね。そしたら『ふん、この馬鹿』って、お下げ髪をぐいっと引っ張られたけど、それだけだった。かわいそうに思ってくれているからね。それにね、私が誰とほっつき歩こうと、おっかさんには同じことなんだよ。財産を譲る赤ん坊が、孫が必要なだけなのさ。

後継ぎが要るんだよ」

部屋の中でグービンが叫んだ。

「もしも法に反する罪深い行為を見た場合は……」

その声をかき消すように、重々しいが淡々とした言葉が、また聞こえてきた。

「罪というのは、そうどこにでも転がっているものじゃありませんよ、グービンさん。そりゃ確かに、人間が大きくなり過ぎて、法の枠内にいるのが窮屈になることもあるでしょうさ。でもね、だからって、取っ組み合いの喧嘩をしなくてもいいんじゃないですかね。何を恐れることがあります？　神さまの前では、人はみな、同じように愚かなんですからね」

姑は、うんざりしているのか、疲れているのか、ごくゆっくりと、しかし明瞭な口調で話していた。グービンがときどき何かをぼそぼそとつぶやいたが、その言葉は、姑の淡々とした声にかき消されて、こちらまで届かなかった。

「人をとやかく非難するのは、ほめられたことじゃありませんよ。非難は、誰だって、いつだってできます。ねえあんた、人にはしまいまで、やりたいようにやらせてあげなさいな。罪にだって効用はあるものですよ。『神のしもべは罪を経て神に至る』って、祈禱書にも書いてあるじゃないですか、まったく！　このことはよく肝に銘じておかなくちゃ。主は忍耐強くて、ユダヤの民にも寛大でしたよ。イエスさまの母親はユダヤ人だし、預言者も使徒も、みなユダヤ人だったんですからね。それなのに私たちときたら、すぐにお互いを非難したり、罰したりして！」

「お前が俺をまともな人生から叩き出したんだぞ」グービンが言った。「お前と初めて会ったときのことを思い出すよ」

「思い出す必要はありませんよ」

「俺には自分がわからない。自分には一文の価値もないような気がするんだ」

「全部終わったことですよ。そうなるしかなかった、避けられやしなかったんだ」

「俺が自分を見失ったのは、お前のせいだ」

ナデージダが私のわき腹をつつき、悪意のこもった喜びに満ちて、ささやいた。

「噂は本当だったんだわ。あいつはおっかさんの愛人だったのよ！」

だがすぐはっとして、おびえたように手で口を押さえ、指のあいだから言葉を漏らした。

「ああ神さま、私ったら何てことを……。今のは忘れてね。皆、おっかさんのことを悪く言うけど、とても賢いひとなんだから」

「悪事というのは、訴えて正せるようなものじゃありませんよ」女主人の冷静な言葉が窓から聞こえてくる。「あんたが天から与えられたものを持ちこたえようとして、できなかったとすれば、それはつまりあんたの手に余る重荷だったということです」

「俺がすべてを失ったのは、お前のせいだ。お前が俺を丸裸にしたんだ」

「あんたは失い、私は得たというだけの話ですよ。ねえグービンさん、この世には、失くなるものなんて何ひとつないんです。すべて人から人へ、愚か者から賢い者の手に移るだけ。骨だって、犬がしゃぶるからには、ものの役に立っているんです」

「ああそうか、俺は骨か！」

「ばかなことを。あんたはまだ人間ですよ」

「俺が噂を流したら、どうする」

「噂なんかで参りゃしません。ねえ、グービンさん。その辺でぶらぶらしていようと、巡礼に行こうと、それはあんたの勝手ですがね、女の問題には首を突っ込まないでくださいな。妙なことを言って回っても、むだですよ。――それはあんたが夢に見ただけなんだ！」

「ああ……」グービンが、がっくりと肩を落として叫んだ。「まあいい、お前にも体面というものがあるだろうからな。俺もお前を悲しませたくはない。だけどな」

「だけど、何です？」

「賢いお前の魂が、あの世でどうなることか」

「あんたも私も、この世では、体面を保ったまま終われますよ。あの世でも、なるようになるでしょう。すべて神の御心のままに、ですよ」

「ふん、そうかい。じゃあな」

窓の奥は静かになった。婆さんが重いため息をつくのが聞こえた。

「ああ神さま……」

ナデージダは猫のようにすばやく窓のそばから離れ、玄関口まで飛びのいたが、私は間に合わなかった。扉から出てきたグービンは、私が窓から離れるところを目にすると、頬をふくらませ、赤毛の髪を逆立て、喧嘩の後のように急に真っ赤になって、かん高い声で罵りはじめた。

「きさまは今、何をしていた？　のっぽの悪党め、きさまなんかいらん、もう一緒に働きたくない。どこかへ行っちまえ」

大きな青い目の暗い顔がまた窓辺に現れ、いかにもこの家の支配者らしい、厳格な声で尋ねた。

「いったい何の騒ぎだい」

「俺は騒ぎたくて騒いでいるわけじゃない」

「騒ぐなら通りに行ってやっておくれ、ここでは願い下げだよ」

「そうよ！」ナデージダが地団太を踏みながら、腹立たしげに叫んだ。「いったいどういうつもりなの」

料理女が手に火搔き棒を持って飛び出してきて、戦いに備えてナデージダの横に立ち、喚《わめ》きはじめた。

「男がいないからって、ばかにするんじゃないよ！」

立ち去る前に、私は女主人の顔を見つめた。両の青い瞳が奇妙に広がり、白目の部分をほとんど覆いつくし、縁にまで達しているようだった。この奇妙でぶきみな両目は、見えていないかのように少しも動かず、何かがつっかえて息が詰まった女のもののように飛び出していた。のどぼとけが鳥のように突き出ていて、髪を覆っている絹の頭巾が金属のように光っていた。私は思わず、心につぶやいた。

『まるで鋼鉄だ、この女は……』

グービンは肩を落とし、全身ふぬけたようになりながらも、料理女とののしり合っていたが、けっして私の方を見ようとはしなかった。

「ご主人さん、さようなら」私は窓のそばを通りながら言った。

女主人は、すぐにではなかったが、それでも愛想よく答えてくれた。

「さようならだね、坊や。さようなら」

そして、硬い物を何度も打ちつけた結果光っている金槌のような頭でうなずいた。

チェルカッシ

南国の青い空はほこりで薄暗く、ぼんやりとかすんでいる。まるで熱い太陽と緑がかった海のあいだに、うすい灰色のベールがかかっているかのようだ。事実、この狭い港湾の水面は太陽を映してはおらず、ボートの櫂や汽船のスクリューの衝撃で切り裂かれ、あらゆる方向に進んでいるトルコの小型帆船《フェラッカ》やその他の船の竜骨《キール》によって縦横に刻まれている。花崗岩の岸壁へと次々に打ち寄せる波は、波頭の巨大な重みに押しつぶされて、船のへりに寄せては返したり、岸壁を濡らしたり、波どうしでぶつかり合ったりしている。さまざまなガラクタやゴミで汚れきった波は、ぶつぶつと泡立ち、不平不満をつぶやいている。

錨の鎖がきしむ音、貨車が連結するがちゃんという音、どこからか落ちてきた鉄の薄板が舗石にぶつかって立てる金属音、木材がこすれ合う虚ろな音、四輪辻馬車のがたがたいう音、ときに突き刺すように鋭く、ときにうめくように虚ろな汽笛、運搬作業員や船員や税関に詰めている兵士のがなり声——こうした音すべてがひとつに融け合い、耳を聾せんばかりの仕事日の音楽となって、反抗的にとどろき、空と港のあいだに低くたゆたっている。この轟々たる音楽に、さらに新しい音の波が大地から湧きあがってくるように次々と合流してくる。ときに鈍く鳴動し、ときに激しくとどろくそれらの音は、あたりのすべてを揺るがし、ほこりっぽく熱い空気を引き裂いている。

花崗岩も鉄も木も、港の桟橋も、船も人間も——すべてが商売の神マーキュリーをたたえる情熱的で力強い音色の讃歌に息づいている。もっとも、そうしたなかで人々の声はかろうじて聞こえるか聞こえないかで、弱々しく滑稽である。人間自身も、最初にこの轟音を作り出したのは彼らだというのに、あきれるほどみじめである。ほこりにまみれ、ぼろをまとい、背負っている商品の重みに腰を曲げ、濛々たる粉塵の中や、騒々しく暑い海のあちこちを、せかせかとせわしなく駆け回っているその姿は、周囲の鉄の巨塊や商品の山、轟音をあげて走る車両など、彼らが作り出したものに比べると、じつにちっぽけだ。人間は自分が作ったものの奴隷と化していて、誰が誰だか見分けがつかない。

重々しく巨大な汽船が、みずから吐き出す蒸気の下で、汽笛を鳴らしたり、しゅうしゅうと音を立てたり、深いため息をついたりしている。汽船がたてるこうした音のひとつひとつに、灰色の人間どもがほこりまみれで甲板をはい回りみずからの奴隷的労働の果実を深い船倉に運び入れていることへの嘲笑と蔑視が感じられる。自分の胃袋を数フント[1]のパンで満たす金を稼ぐために、何千プードもの穀物を肩にしょって船の鉄製の腹へと運ぶ人夫たちが長蛇の列をなしている光景は、涙が出るほど滑稽である。ぼろを着て、汗にまみれ、騒音と暑さで朦朧としている人間たちと、その人間たちによって作られたにもかかわらず、堂々たる体躯に陽を浴びて輝いている機械群との対照には(機械を動かしているのは結局のところ蒸気ではなく、それらを創造した人間たちの血と肉なのだが)、残酷で皮肉な一篇の叙事詩がある。

轟音に押しつぶされ、ほこりに鼻腔をくすぐられ、暑熱に焼かれて、人間たちは目が回り、疲労困憊している。あたりのすべてが張りつめ、耐え切れずに、何か巨大な破局の、爆発の気配を漂わせている。

破局が訪れた後には、清められた空気をのびのびと、かろやかに呼吸できるようになるだろう。大地には静寂が満ちるだろう。耳をつんざき、神経を刺激して、人間を憂鬱と憤怒にかき立てる、これらの汚辱や騒音も消え失せるだろう。時が来れば、街にも海にも空にも、静けさと明るさと輝きが戻ってくることだろう——。

鐘が等間隔で十二回鳴り響く。その最後の音が消えたときには、荒々しい労働の音楽もすでにおおかた静まっている。さらに一分の後には、すべての音が不満を内包しつつも虚ろなざわめきと化し、人の声や波の音ですらも聞き取れるようになる。昼休みになったのだ。

1

グリーシカ・チェルカッシが姿を現したのは、仕事を投げ出した運搬作業員たちが三々五々連れ立って、がやがやと港じゅうに散らばり、舗道に伸びた日かげに陣取って、行商の女たちから買った食べ物をむしゃむしゃとやり始めた頃合いである。港界隈では名の売れている古顔で、たいへんな酔っぱらいだが、敏捷で大胆不敵な泥棒だ。

1　ロシアの重量単位。一フントは約四一〇グラム。四〇フントが一プードに相当する。

無帽に裸足、古いすりきれたコーデュロイのズボンをはいて、更紗の汚れた上着を着ている。ちぎれたえりの部分からは、日焼けして乾いた肌と太い骨がのぞいている。ところどころ白髪まじりの黒髪が撥ね、鋭く貪欲そうな顔をしかめているようすから見て、どうやら起きたばかりらしい。栗色の口ひげの片方にわらが一本からみ、左のほおのそり残しにも、わらくずがひっついている。耳の後ろには、もいだばかりの菩提樹の小枝をはさんでいる。

ひょろりと背が高く、骨ばっていて、少し猫背のチェルカッシは、貪欲そうな鉤鼻をあちこちに向け、周囲に鋭い視線を配りながら、舗道を一歩一歩、ゆっくりと歩いていた。灰色の目を冷たく光らせ、運搬作業員の誰彼をじっと見つめている。濃い栗色の長い口ひげが、猫のそれのように、ひっきりなしに揺れている。歩きながら、背中に組んだ両手をこすり合わせたり、長くがっしりした指を曲げ、神経質にからみ合わせたりしていた。港には、同じように荒々しい風貌で、裸足の人間が他にも何百人といたけれども、そのなかで草原の猛禽類のようなチェルカッシは異彩を放っていた。痩せてはいるが精力的で、狙いすましたように動き、見たところは穏やかで落ち着いているが、そのじつ敏捷で活気に満ちているところが荒野の鷹を思わせた。

今日はなんとか運搬の仕事にありつけた日雇いたちが山と積み上げられた石炭籠のかげに陣取っている横を通りすぎようとしたとき、ずんぐりした小男が立ち上がり、チェルカッシに近づいてきた。しまりのない顔に赤紫色のあざがあり、ほおにも傷がある。つい最近殴られてできたものに違いない。男はチェルカッシと肩を並べて歩きながら、小声で話しかけてきた。

「艦隊の工場が二カ所やられたってさ。捜索中だぜ」

「それで？」チェルカッシは、落ち着きはらって、相手をじろじろ見ながら聞き返した。

「それでって、何だよ……。たまたま小耳にはさんだんだ。それだけだよ」

「何かい、俺に捜索の手伝いをしろとでも言うのかい」

そしてチェルカッシは微笑を浮かべながら、ドヴロヴォーリヌイー艦隊の倉庫がそびえ立っている方角に目をやった。

「勝手にしな！」

小男は戻って行った。

「おい、待ちな！　お前は、それ、誰にぶん殴られた？　自分の顔がどうなっているか、見てみろよ……。それはそうと、ここらでミーシカを見なかったか？」

「奴とは、とんとごぶさただね！」仲間の方に戻りながら、男が言った。

チェルカッシはさらに歩いて行った。誰もが知った顔で、挨拶してきた。だが、いつもは陽気で皮肉屋の彼だが、今日は明らかに不機嫌で、問いかけにも荒い口調でぶっきらぼうに答えるだけだった。

うずたかい積み荷の山のかげから、税関の守衛が姿を現した。ほこりまみれの暗緑色の制服を着て、兵隊風に背すじをぴんと伸ばしている。守衛はチェルカッシの前に立ちはだかり、挑発的に道をふさいだ。左手を自分の剣の柄に当て、右手でチェルカッシのえりをつかもうとした。

「待て、どこへ行く？」

チェルカッシは一歩退いて守衛に目を向け、乾いた微笑を浮かべた。

この守衛は、抜け目ないが、本当は気の良い男だった。自分をいかめしく見せようとほおをふくらませていたが、まんまるになった顔が紅潮しているのが、かえって滑稽である。その顔の上で眉がぴくぴく動き、目を皿のように見開いている。

「港にはもう来るな、さもないとあばらをへし折るぞと言ったはずだ。それなのにまた来たのか」守衛はおどすようにどなった。

「これはこれは、セミョーヌイチ！　ごぶさたでしたな」チェルカッシは平気で挨拶して、手を差し出した。

「お前なんか、もう永久に見たくなかったんだがな。とっとと行っちまえ！」

それでもセミョーヌイチは握手に応えた。

「ちょっと教えてもらいたいんですがね」チェルカッシは指に力を込めてセミョーヌイチの手を握りしめ、友人か家族のように親しげに振りながら言った。「ミーシカに会いませんでしたかい？」

「どこのミーシカだ？　そんな知り合いは、俺にはいないな。兄弟、とっとと行った方がいいぜ。倉庫の奴らに見られでもしたら……」

「ほら、俺と以前〈コストロマ〉で働いていた赤毛の男ですよ」チェルカッシはその場から動こうとしなかった。

「泥棒仲間のミーシカと、はっきり言うがいい！　あいつなら鉄骨に足をつぶされて、病院に入っている。さあ、こっちが優しく言っているうちに、さっさと行きな。さもないと顔に一発お見舞いすることになるぞ」

「へっ、そら見な、知らないなんて言って、やっぱりご存知じゃないですか。セミョーヌイチ、何だって、そんなにつんけんするんです？」

「さあ、無駄話はやめて、さっさと行くんだ！」

守衛は怒り出し、あちこちに目をやりながら、チェルカッシの力のこもった手をなんとか振りほどこうとした。だがチェルカッシはそれを濃い眉の下から平然と眺め、相手の手を離そうとせずに、なおも話し続けた。

「まあ、そんなに急かしなさんな。俺は帰る前に、あんたとゆっくり話し合いたいんだ。暮らしはどんな具合です。――それはそうと、奥さんや子供さんはお元気ですかい？」そして目をぎらりと光らせ、歯を見せて、あざけるような微笑を浮かべながら、こう付け加えた。「そのうち、あんたのところにもお客に行きたいんだが、なかなか時間がなくってね。なにせ、つい飲んじまうもんで」

「おい、それだけはやめてくれ！　冗談はよせ、この痩せっぽちの悪魔め！　なあ、俺は実際……。お前はまた押し入り強盗や追いはぎをやるつもりなのか？」

「なんだってそんな必要があります？　あんたも俺も、この街で暮らすだけの金は持っているじゃないですか。セミョーヌイチ、ありがたいことに、十分にね！　それはそうと、聞くところによると、あんたはまた工場から、しかも二カ所もくすねたそうじゃないですか。気をつけなさい、セミョーヌイチ、もっと慎重にね。ぱくられないように！」

セミョーヌイチは怒りに震えだし、つばを吐いて、何か言おうとした。チェルカッシはやっと手を離してやり、その長い足を港湾区と街区の関門の方へとゆっくりと向けた。守衛は、激しく罵りながら、後をついて来た。

チェルカッシは陽気な気分になってきた。歯のあいだから小さく押し出すように口笛をふき、ズボンのポケットに手をつっこみ、急がずに歩きながら、行き会った者と軽口や辛辣な冗談を交わしはじめた。

「よう、チェルカッシ、今日はおかみの警護付きかい！」昼飯を食べ終わって、地べたに横になって休んでいる運搬作業員の群れのなかから、誰かがそう声をかけた。

「俺は裸足なんでな。セミョーヌイチが、足をケガしないよう、気をつけてくれているのさ」とチェルカッシは応じた。

街区に出る関門に近づいた。二人の兵士がチェルカッシの身体検査をした後、軽くこづいて街区に出した。

チェルカッシは道路を渡り、居酒屋の扉の真向かいの縁石に腰をおろした。関門から、商品を積んだ荷馬車の列が音を立てて流れ出てくる。入れ替わりに空の馬車の群れが門の中に入って行く。その上で御者の体が飛びはねていた。港は戦闘中のような轟音に包まれ、噴き出すほこりが鼻に入り込んでくる。

この壮絶な混沌のなかでも、チェルカッシは爽快な気分だった。仕事が、それも相当な稼ぎになる仕事が、目の前で微笑みかけていたのである。それはわずかの苦労ですむかわりに、かなりの機敏さを要する仕事だったが、チェルカッシはその点には絶対の自信があったので、明日の朝、ポケットに兌換紙幣を詰め込んで飲んでいる自分を目を細めて思い浮かべていた。けれども急に仲間のミーシカのことが頭に浮かんだ。もし足を折ったりしていなければ、今夜の仕事で、とても役に立っただろうに。ミーシカなしのひとりきりでは、ひょっとしたら、うまくいかないかもしれない。彼は心の中で悪態をついた。今夜の天気はどうなるだろう？　空を見上げ、道に沿って目を走らせた。

すると、舗道の六歩ほど離れたところに若者が座り込み、道の縁石によりかかっているのが目についた。粗末な木綿の上着と、やはり木綿のズボンを身につけ、木皮のサンダルを履いている。かぶっているニンジン色の帽子のつばは破れていた。すぐそばに小さな背嚢と、柄のところに藁束を縄で丁寧に巻きつけた大きな鎌が投げ出されていた。若者はずんぐりとした体格で、肩幅が広かった。髪は赤く、日焼けして顔はかさかさしていたが、人の良さそうな青い大きな目で、なにか頼るようにチェルカッシの方を見ていた。

チェルカッシは歯をむき、舌を出した恐ろしい顔を作り、見開いた目を若者の方にじっと据えた。

若者は最初のうち困って目をぱちぱちさせていたが、その後、急に大きな声で笑いだし、「おかしな人だなあ」と叫ぶと、背嚢がほこりまみれになるのもかまわず、腰を上げずに鎌の柄の尻で舗石をこつこついわせながら、それまで寄りかかっていた縁石からチェルカッシの方に不器用にいざり寄って来た。

そしてチェルカッシのズボンの片足を引っ張って、「おやっさん、どうやら楽しく遊んで、ご機嫌のようだね」と話しかけた。

「まあそうだ、ぼうず、そういうこった」チェルカッシは微笑して認めた。子供のように明るい目をした、この健康で人の良さそうな若者が気に入ったのだ。「刈入れの出稼ぎか？」

「何が出稼ぎだい！　一ヴェルスタ[2]刈っても、なんの稼ぎにもなりゃしない。いまどきは働き手なんて、いくらでもいるからね。腹を空かせた奴らがどんどん集まってきて、賃金の相場が下がってさ。働くだけ無駄だね。ひどい話さ、クバンでだって六十コペイカが相場だったんだぜ。昔は三ルーブリ、いや四ルーブリ、五ルーブリもらえたって言うけど……」

「昔か？　おお、昔はな、ロシア人を見られるというだけで三ルーブリ出してくれたぜ。十年前、俺はそいつを生業としていた。コサック[3]の村に行って、ロシア人だと名乗るのさ。すぐさま人が集まって来て、じろじろ見られたり、あちこち触られたり、ちょっと怖がられたりはしたが、その後でちゃんと三ルーブリくれたもんだ。おまけにたらふく飲み食いさせてくれてな。ここで好きなだけ暮らせとか言ってよ」

　若者は、最初のうち口をぽかんと開け、困惑しつつもうっとりした表情を浮かべてチェルカッシの話を聞いていたが、そのうち、このぼろを着た人間がほらを吹いているとわかると、ひとつ舌打ちをして大笑いし始めた。チェルカッシは笑いを口ひげに隠して、なおもまじめなふうを装った。

「おかしな人だなあ、本当みたいに話すもんだから、俺は信じて聞いていたよ。いいや、いくら昔でも、そんなにうまい話があるもんか」

「おい、俺の話を聞いてなかったのか？　いま言っただろう、昔はな……」

「あんたときたらよ！」若者は手をひと振りした。「靴直しか何かかい？　いや、それとも仕立屋かな？　あんたの稼業は何だい？」

「俺か」とチェルカッシは聞き直し、少し考えてから言った。「俺は漁師よ」

「そうか、漁師か！　魚を捕っているのかい？」

「何だって、魚なんか！　ここいらの漁師は魚を捕るとは限らないのさ。どざえもん

2　ロシアの長さの単位。一ヴェルスタは一・〇六七キロメートル。

3　農奴制や重税を嫌って、ロシアの南方や南東辺境域に逃亡した人々が形成した武装自治集団。帝国の直接支配を免れ、十七世紀のラージンの乱などの農民大反乱でも主導的な役割を果したが、十八世紀のプガチョフの乱鎮圧以降は、免税などの特権と引き換えに国境警備などに当たった。正教信仰を維持しつつも、周辺諸民族の影響を受けて独自の風習を有し、社会主義革命後に解体されるまで、ロシアの民衆と自分たちとのあいだに一線を画した自己意識を保持していた。

でも古い錨でも、沈没船でも何でもござれよ。それ専用の道具だってある」

「嘘だ、嘘だよ！　……ってことは、あんたは、歌にあるような漁師なのかい？

　俺たちゃ、乾いた陸《おか》に
　網を打つ
　倉庫や物置に網を打つ」

「お前はそういう奴らに会ったことがあるのか？」チェルカッシは薄笑いを頰に浮かべ、相手をじっと見つめて聞いた。

「いいや、どこで会えるっていうのさ。うわさに聞いたことがあるだけだよ」

「憧れるか？」

「そりゃもちろんさ。何も気がかりがなくて、自由で気ままだもんな」

「だがお前にとって、自由が何になる？　お前は本当に自由がほしいのか？」

「ほしいに決まっているじゃないか。自分で自分の主人になって、行きたいところに行き、したいことをできるんだぜ。もちろんさ！　何より肝心なのは、首に重石をかけられていなくて、一人前にふるまえることだ。好きなように歩き回れるのが一番さ――神様のことを忘れさえしなければね」

チェルカッシは軽蔑したようにつばをはき、そっぽを向いた。

「俺はよ」と若者が語りだした。「親父が死んで、財産は少ないし、母親は年寄りだし、土地は痩せているしでよ。これでいったい何ができるっていうんだ？　それでも生きていかなくちゃならないが、どうすればいいのか、わからない。それで、いい家に婿入りしようと考えたのさ。娘に金を付けてくれるなら、まあ納得できると思ってね。ところが舅のクソ野郎は分けてくれそうにもない。これは長いこと、奴のために死ぬほど働かされることになると思った。何年も何年も！　どうだい、そんなわけさ！　もし俺に百五十ルーブリあったら、今すぐ自立して、舅のアンチープにあっかんべえをしてやれるのにな。マルファにも少しは分けてやるか？　いや、その必要はないな。ありがたいことに、村の娘がマルファひとりきりってわけじゃなし！　そうなったら、俺はまったくの自由で、自分で自分のことを決められるんだ。そうさ！」

若者はため息をついた。「だけど、今はもう婿に行くよりほかに打つ手がない。考えていたのさ、クバンに出て二百ルーブリばかし稼いだら、舅に『あばよ、旦那』って言ってやろうってね。ところがどっこい、そうは問屋がおろさなかった。仕事と言ったって、日雇いしかない。どうやったって俺は暮らしを立て直せないという寸法さ」

若者は心底、婿に行きたくないらしく、顔を悲しげに曇らせ、地面の上で体をよじった。

チェルカッシが聞いた。

「それで、これから、どこへ行く？」

「どこへ行くって、知れたことさ、田舎に帰るしかないじゃないか」

「なあ兄弟、俺の知ったことじゃないが、お前はトルコへでも行く決意だったんじゃないのか」

「ト、トルコ？」若者はどもった。「いったい正教徒の誰があんなところに行きたいものかね、よく言うよ！」

「何というバカだ」チェルカッシはため息をつくと、またそっぽを向いた。この健康な田舎の若者は、彼の中の何かを掻き立てた。チェルカッシの心のどこか奥深くでゆっくりと熟していた、なにか腹立たしいような感情がぼんやりとうごめき、今夜しなければならないことに考えを集中させるのを妨げた。

罵られた若者は、この浮浪人の方を時々ちらちらと盗み見しながら、小声で何かぶつくさつぶやいていた。おかしいほどふくれて、唇をとがらせ、細くした目を滑稽なほど何度もしばしばさせた。口ひげを生やし、粗末な服を着たこの男との会話が、こんなふうにあっけなく不愉快な終わり方をするとは、明らかに予期していなかったようすである。

ぼろを着た男は、もう若者に注意を払ってはくれなかった。腰かけた縁石を裸足のかかとで蹴ってリズムを取り、何かもの思いにふけりながら口笛を吹いていた。

若者は彼に一矢報いたくなった。

「なあ、漁師さん、あんたはよく無茶飲みをするのかい」と言いかけたそのとき、漁師が急に彼の方を向いて、こう聞いた。

「若僧、よく聞け。今夜、俺とひと仕事しないか？　今すぐ答えろ」

「どんな仕事だい？」若者は疑わしげに聞いた。

「どんな、だと？　俺の言った通りにするのさ。魚を捕りに出かけるから、お前は舟を漕ぐんだ」

「ふーん、そうかい。やってもいいよ。ただ、何だかな……。あんたとだと、どういうことになるのかな？　あんたはひどく変わってるよ。怪しいな」

チェルカッシは胸に何かひりひりするものを感じ、冷たい悪意のこもった小声でこう言った。

「わかってもいないことを、ぶつくさ言うんじゃない。どたまに一発ぶちかましてやろうか？　そうすりゃ、少しは物事がよく見えるようになるだろう」

チェルカッシは縁から飛び降りると、左手で口ひげに触り、右手で固くたくましい拳骨を握ると、目をぎらぎらさせた。

若者はおびえ、あたりをすばやく見渡した後、臆病そうに目をしばしばさせながら、地べたからはねおきた。二人は、目を合わせたまま、しばらく黙っていた。

「さあ、どうする？」チェルカッシが荒々しく聞いた。若いくせにのろまなこの男から受けた侮辱にはらわたが煮えくり返るようで、体が震えてさえいた。さっき話していたときにはただ見下《みくだ》していたのだが、今では憎しみを感じていた。若者の目がとてもきれいな青色で、日焼けした健康そうな顔と頑丈そうな腕をしていたから。若者にはどこかに帰るべき村があり、そこに家も持っていて、豊かな百姓から婿に入るように言われていたから。若者の人生の過去と未来のすべてが憎かった。それに何より、若者が、その価値を知らず、必要もない自由を、自分よりも愛していたから。自分よりも低いと見下していた人間が、自分と同じものを同じように愛したり憎んだりしているのを見ること、自分に似ていると気づくことは、いつだって不愉快なものだ。

一方、若者の方は、チェルカッシを見ているうちに、ついていこうという気になった。

「そりゃあ俺は、やる気はある」若者は話し始めた。「だって仕事を探しているんだからさ。誰のところで働こうが、あんたの下でだろうが、別の人のところだろうが、同じことだ。俺はただ、あんたが働いている人間には見えなかったものだからさ。ひどく、その、ぼろを着ているし。いや、そりゃ誰だってそうなるかもしれないということは、わかっている。そうさ、実際、俺は飲んだくれも山ほど見てきたんだ。あんたよりひどいのも、どっさりとね」

「もういい、わかった、同意だな?」チェルカッシは、さっきよりも柔らかな声で聞き返した。

「俺かい？　喜んでやりましょう！　で、いくらもらえるんで？」

「それは、働きしだいだ。お前の働き具合で決まる。つまり、出来高払いよ。うまく行けば五ルーブリやる。わかったか？」

　だが問題が金のことになると、この百姓は細かくなり、自分の雇い主にも同じだけの細かさを求めだした。若者の心に、不信と疑惑がまた湧いてきた。

「なんだか割に合わないな」

　チェルカッシは調子が出てきた。

「くよくよ考えるな。結果をごろうじろ、さ。飲みに行こうじゃないか」

　そして二人は肩を並べて街路を歩き出した。チェルカッシは、雇い主らしく重々しい顔つきで、口ひげをひねりながら。若者は付き従うつもりだとの気持ちを全身に表して、しかしそれでも不信と不安に満ちて。

「名前は？」

「ガヴリーラ」と若者が答えた。

　汚らしい煤だらけの居酒屋に着くと、チェルカッシはカウンターの方に行き、顔なじみのなれなれしい口調で、ウォッカ一本とスープと焼肉料理とお茶を注文し、すべての料理が出されたのを確認してから「全部ツケで頼むぜ」と言った。主人は黙ってうなずいた。するとガヴリーラは、いかさま師のような格好をしているくせに、こんなにも顔が広く、信頼されているボスへの尊敬の念でいっぱいになった。

「さあ、食いながら、じっくり話し合おう。だがその前に、ここでしばらく待っていてくれ。ちょいと出てくるから」

チェルカッシが立ち去った後、ガヴリーラは周囲を見回してみた。居酒屋は半地下の部屋にあり、湿って薄暗く、すえたウォッカとタバコの煙とタールと、その他にも何か酸っぱい臭いに満ちていた。ガヴリーラの向かいのテーブルには、水兵の服装をして赤い顎ひげを生やした酔っ払いが、全身炭塵とタールまみれで座っていた。そいつはひっきりなしにしゃっくりをしながら、小さな声で何かを歌っていたが、その歌には奇妙にシューシュー言う音、喉にかかったような音や、風変わりなきれぎれの言葉が混じっていた。あきらかにロシア人ではなかった。

その男の背後の席にはモルダヴィア[4]の女が二人座っていた。どちらもぼろぼろの服

4 現在のモルドバ共和国周辺地域。旧称ベッサラビア。『チェルカッシ』の舞台となっている黒海沿岸の港湾都市オデッサに近く、一八一二年にロシア帝国に併合。ロマ族が多いことでも知られていた。

を着て、黒い髪と日焼けした顔をしていた。やはり酔っ払った声でがなるように歌っていた。

目が慣れてくると、闇の中に、さらにさまざまな人間がいるのがわかってきた。皆、奇妙なぼさぼさ頭で、酔っ払っていて、やかましく落ち着きがない。

ガヴリーラは気味が悪くなってきた。ボスに一刻も早く帰って来てもらいたかった。酒場の騒音はたがいに融け合って、一つの旋律になっていたが、それはまるで何百ものいろんな声を持っている巨大な獣が、この石造りの穴倉から逃れようとしているけれども、どうしても出口を見つけられずに苛立ち、うなっているかのようだった。ガヴリーラは、頭がぐらぐらし、目の前がぼんやりしているのは、めまいを引き起こす厄介な何かを吸い込んだせいだという気がした。それでも好奇心と恐怖の感情から、酒場じゅうに目を走らせないわけにはいかなかった。

チェルカッシが戻ってきた。二人は飲み食いしながら話を始めた。ガヴリーラは三杯目でもう酔ってしまい、陽気になり、こんなにすばらしい食い物をおごってくれた(すばらしい人だ!)ボスに、何か気持ちの良いことを言ってやりたくなった。だがその言葉は喉元まで上がってくるのに、なぜか急に重くなった舌から、どうしても離れようとしなかった。

チェルカッシはそんなガヴリーラを見て、嘲るように微笑しながら言うのだった。

「酔っ払いやがったな、このぐずが。五杯目を前にもうべろんべろんか。今晩どうやって働くつもりだ？」

「友よ！」ガヴリーラがまわらぬ舌で言った。「心配しないでください。あんたに付いていきます！　キスさせてください！」

「よせやい……。さあ、もっと飲め！」

ガヴリーラは飲みすぎて、目に映っているすべてが波打ち、揺れていると感じるほどだった。具合が悪くなり、吐き気がしてきた。だらしなくとろんとした顔つきになった。何か話そうとしても、おかしなふうに口が鳴り、牛のような声が出るだけだった。チェルカッシは相手をじっと見つめていたが、何かを思い出したらしく、口ひげをひねり、陰気にほほえんだ。

酒場全体が、酔っ払いたちが立てる物音で騒然としていた。赤毛の船員はテーブルに肘をついて眠っていた。

「さて、行くか」立ち上がりながら、チェルカッシが言った。

ガヴリーラは腰を上げようとしたが、どうしても立ち上がれず、激しく罵った後で、酔っ払い特有の無意味な笑い声を立て始めた。

「できあがっちまったな」向かいの椅子にまた腰を据えながら、チェルカッシが言った。

ガヴリーラは自分のボスをどんよりした目で見ながら、ずっと大笑いしていた。チェルカッシの方は、注意深く憂鬱な顔をして、食い入るように相手を見ていた。目の前にいる者の人生が、自分の手のうちにある。チェルカッシは、自分には相手の人生をどうにでもできる力があると感じていた。賭けトランプのカードのようにひねりつぶすこともできれば、かたぎの百姓としての暮らしをあつらえてやることもできるのだ。チェルカッシは、自分が他の者の運命の主人となっていると感じながら、かつて運命が自分に苦杯を嘗めさせたようなことは、この若者にはけっして起こらないのだろうかなどと考えていた。

チェルカッシはこの若い命をうらやむとともに憐れんでいた。運命は、自分のときと同じように、こいつもまたその魔の手にかけるのだろうか。あざ笑うと同時に心を痛めていた。そしてこれらもろもろの感情のすべてがひとつに融け合い、最後には父親か保護者のような気分になったのである。かわいそうだが、しかしこの若者が必要だった。そこでチェルカッシは相手の腋を抱え、後ろから膝で軽く押しながら、酒場の中庭まで連れ出した。庭の土に薪の山が影を落としている。チェルカッシは若者のそばに腰をおろし、パイプをくゆらせ始めた。ガヴリーラは少しのあいだ、もぞもぞしながらうなっていたが、やがてぐっすり眠ってしまった。

2

「さあ、準備はいいか?」チェルカッシは、櫂をいじっているガヴリーラに小声で尋ねた。

「もう少しです。櫂架《クラッチ》の根元がぐらぐらしている。一回、櫂で叩いてみてもいいですか?」

「絶対にダメだ。大きな音はいっさい出すな! 手でもっと強く押してみな、うまくはまるはずだから」

オークの樽材を積んだ帆走式のはしけや、棕櫚や白檀や糸杉の丸太を満載したトルコの大型帆船が密集している場所があった。二人は、その端につながれていた小舟を出そうとしているのだった。

暗い夜だった。黒雲がもくもくと厚い層をなして、上空を動いていた。海は穏やかだったが、油のようにどろりと黒く粘り、塩っぽい匂いを放っていた。波が船ばたや岸辺にぶつかってはくだけ、チェルカッシの小舟をかすかに揺らしては、やさしい音を立てた。岸から遠く離れた空間に、船の暗い輪郭が海面から湧き上がっているように見えた。上部に色とりどりの灯火をつけたマストが、空を鋭く貫いていた。海面はそれらの灯火を映し、黄色い斑点のような光の塊に一面おおわれていた。繻子のように柔らかく、黒く光沢のない水の上で、黄色い光が揺れている光景は美しかった。海は、日中の仕事で疲れ果てた労働者のように、健康で深い眠りについていた。

「行きましょう」ガヴリーラが水に櫂を下ろしながら言った。

「了解」チェルカッシが、舵を勢いよく動かし、はしけとはしけの間の狭い水面へと小舟を押し出した。小舟は海面を滑るように進み始めた。櫂が叩くたびに、水が青味がかった燐光に輝いた。光の細長い帯がやわらかにきらめき、舟の通った後にみおを引いた。

「おい、頭の具合はどうだ？　まだ痛むか？」チェルカッシがやさしく訊いた。

「鍋ががんがん言っているようで、ひどく痛い。ちょっと水で濡らしてみます」

「そんなことをしても意味はないさ。ほらよ、こいつではらわたを洗いな」チェルカッシはガヴリーラに瓶を渡した。「そうすりゃ、少しは早く醒めるかもしれない」

「本当に？　ありがてえ……」

ごくごくと飲む音が小さく聞こえた。

「どうだ、うまいか？　おい、それ以上は飲むな！」チェルカッシは相手を止めた。

小舟は、船と船の間を縫うように進みながら、再び音もなく軽やかに走りだした。突然、あたりに密集していた船の姿がとぎれ、二人の目の前に、はてしなく力強い海が開けた。青味を帯びた遠方の水平線のあたりからは、山のように雲が空へと立ち上っていた。それらの雲は綿毛のような黄色にふちどられ、赤紫だったり、青味がかったりしていた。海水と同じ緑がかった雲もあれば、陰鬱で重苦しい影を投げかけている鉛色の雲もあった。それらはゆっくりと這うように動き、一つに融け合ったり追い越したりをくり返して、たがいに色や形を混ぜ合わせていた。ときには雲が雲を飲み込んだかと思うと、新たに別の輪郭を帯びて、よりいっそう荘厳で重苦しい姿を現したりした。

この魂のない塊の緩慢な動きには、なにか運命的なものがあった。あの海の端では、数限りない雲が、いつもああやって、無関心なようすで空に這い上がっているのだと思えた。空の何百万もの金色の目――生き生きと夢見るように輝き、人々の中に高貴な願いを呼び起こすあの色とりどりの星々――が、まどろんでいる海の上でもはや二度と輝くことがないようにしようと、雲が悪意を抱いているかのようだった。星の清らかな輝きは、人間にとって、とても大切なものなのだが。

「海はいいだろう」チェルカッシが聞いた。

「どうってこともないけど、ちょっと怖いね」櫂で水面を規則的に強く叩きながら、ガヴリーラが答えた。長い櫂の打擲《ちょうちゃく》の下で、水が音を立てるのがかすかに聞こえ、青色の暖かな燐光がたえまなくきらめいていた。

「怖いだと？　バカな」チェルカッシが嘲るようにつぶやいた。

この泥棒は海が好きだったのだ。生来、活発で神経が細かく、世界が働きかけてくる作用をむさぼるように受け入れる性質《たち》だったため、この暗い広がり、はてしなく自由で力強い広がりを見続けて、飽きるということがなかった。自分が愛するものの美しさを尋ねてみて、このような返事が返ってきたので、チェルカッシは腹立たしかった。

それでも船尾に座ったまま舵を取り、繻子のように滑らかなこの水面の上を、いつまでもどこまでも進んで行きたいという願望に満たされながら、黙って前を見ていた。海にいると、彼の中には、広く温かな感情が湧いてくるのだった。それは彼の心を捉え、日々の汚辱を少しは清めてくれた。チェルカッシはそのような感情を大切に思っていて、海の上では自分がましな人間に思えることが気に入っていた。水と空のあいだにいると、人生についての思索にふけりたくなる。だがその思索はいつも鋭さを失って、しだいに自分の人生そのものすら、さほど重要なものとも思われなくなってくるのだった。海には夜ごと、水の柔らかな寝息が穏やかに漂っていた。この広大な音色が人間の心に安らぎを与え、ふいに頭をもたげてくる邪念を抑え、雄大な夢を植えつけてくれるのだった。

「で、漁具はどこです？」突然、ガヴリーラが小舟の上を見回しながら、不安そうに言った。

チェルカッシの体がびくんと震えた。

「漁具か？　俺の後ろの艫《とも》のところにある」

だが彼は、こんな小僧っ子に嘘をついているのが嫌になってきた。この若者の質問によって台無しにされた思いや感情が惜しかった。チェルカッシは怒りに駆られ、なじみの鋭くひりひりするような痛みを胸に感じた。喉にも同じような痛みがあった。彼は教え諭すような厳しい口調で、ガヴリーラにこう言った。

「いいか、お前は、座っていろと言われたら、座っていればいいんだ。関係のないことには口を出すな。お前は船を漕ぐのに雇われたんだから、黙って漕いでいればいいんだ。あんまりむだ口を叩くと、ろくな目に遭わないぞ。わかったか？」

舟ががくんと揺れて、止まってしまった。櫂が水中で動かなくなり、周囲が泡立った。ガヴリーラは自分の席に座ったまま、不安そうにしていた。

「漕げ！」

鋭い怒声に空気が震え、ガヴリーラはまた漕ぎだした。舟は、まるで脅えているように、速いが神経質なテンポでぐいぐいと進んだ。波を音高く切った。

「もっとなめらかに」

チェルカッシは手に舵を握ったまま、艫から腰を浮かし、冷たい視線をガヴリーラの青ざめた顔にそそいだ。体を前の方に曲げているその姿勢は、飛びかかろうとしている猫に似ていた。彼が怒り狂って歯ぎしりする音と、いらいらして指を鳴らす音が聞こえた。

「誰だ、わめいているのは？」暗がりから荒々しいどなり声が響いてきた。

「えい、ちくしょう、漕げったら。もっと静かに。殺すぞ、この犬め。そうだ、漕ぐんだ、一、二、一、二。文句ばかり言いやがって。八つ裂きにしてやるぞ」チェルカッシは低く押し殺した声で言い続けた。

「ああ、聖母マリア」漕ぐことに疲れ、恐怖に震えながら、ガヴリーラがつぶやいた。

舟はなめらかに向きを変え、マストの柱が見え、色とりどりの灯火がひとまとまりに群れ集まっている港の方へと、逆戻りし始めた。

「おい、そこでわめいているのは誰だ」とどなる声がまた聞こえた。

だがその声は、最初のときよりも遠い場所からだったので、チェルカッシは安心した。

「わめいてるのは、そっちのほうだろうが！」と声の方角に向かって言い返した後で、まだ祈りをつぶやいているガヴリーラにこう言った。

「おい、兄弟、ついていたな。もしあいつらに追いつかれていたら、お前はおだぶつだったぜ。わかるか？ 俺はお前を魚の餌にしていたに違いないのさ」

このとき、チェルカッシは穏やかで親切ですらある口調だったが、なおも恐怖に震えていたガヴリーラは懇願し始めた。

「ねえ、俺を帰してください。神かけてお願いします。解放してください。どこかに降ろしてください。なんてことだ、俺はもう破滅だ！　お慈悲ですから、放してください。俺が何の役に立つって言うんです？　俺にはこんなことはできない。こんな仕事はやったことがない、初めてなんだから。ああ神さま、俺はもう破滅です。なんだって、兄弟、あんたは俺をだましたんです？　罪な人だ、ひとの魂を滅ぼすなんて。ああ、こんなこと……」

「どんなことだ？」チェルカッシは凶暴な口調で聞いた。「言ってみろ、どんなことだ？」

若者の恐怖のおかげで、気が晴れてきた。ガヴリーラの恐怖も、自分がそのように恐ろしい人間であることも楽しかった。

「悪いことですよ、兄弟。お願いだから、放してください。俺があんたの何の役に立つって言うんです？　お願いですから」

「えい黙れ！　その必要がなければ、お前を雇ったりするもんか。わかったか？　わかったら、もう黙れ」

「ああ神さま」ガヴリーラがため息をついた。

「よしよし、落ち込むんじゃない」チェルカッシは話を打ち切った。

ガヴリーラはもう我慢できず、小さな声ですすり泣いては鼻をかみ、席の上でもぞもぞとした。だが、それでも、やけになったように櫂を漕ぐ手は力強かった。舟は矢のように速く進み、行く手にはまた幾艘もの舟の暗い輪郭が見えてきた。二人を乗せた舟は、こまねずみのようにくるくると向きを変えながら、舷と舷の間の狭い水の上で見え隠れした。

「おい、よく聞けよ。もし生きていたかったら、誰に何を聞かれても、黙っているんだ。わかったな？」

「ああ！」この凶暴な指令に、ガヴリーラは絶望的なため息で答えてから、悲しげに付け加えた。「俺の運命はもうおしまいだ」

「泣き言を言うな」チェルカッシはささやき声で言い聞かせた。

だがガヴリーラはこのささやきで、何かを理解する能力を失い、災厄の冷たい予感にとらわれて、死んだように青ざめてしまった。櫂を後方に振り上げては水に下ろし、ぐいと引き寄せる――この動きを機械的にくり返していたが、その間も目はずっと自分のサンダルの先を見つめていた。

ものうげな波の音が暗く響いて、恐ろしかった。港が近づいてきた。花崗岩の岸壁の向こうから、人の声や水のはねる音、歌や細い口笛などが聞こえてきた。

「止めろ」チェルカッシがささやいた。「櫂を置いて、手を岸壁に付けろ。もっと静かにやれ、このくそったれ！」

ガヴリーラは、すべりやすい石壁に両手を当て、岸に沿って動かした。舟は、石を覆ったぬるぬるした膜に舷を触れつつ、かすかな音も立てずに動いて行った。

「止めろ、櫂を寄こせ。こっちに寄こせったら！　お前の身分証明書はどこだ。背嚢の中か、それなら背嚢を寄こせ。早く！　これはな、兄弟、お前がずらかったりできないようにするためだ。よし、これでもうとんずらできないぜ。櫂がなくても何とかずらかれるかもしれんが、身分証明書なしじゃあ、その気にならんだろう。おとなしく待っていろ！　いいか、わめきたてたりしたら、海の底行きだからな」

そしてチェルカッシは何かに両手でつかまって、突然宙に上りだし、壁を越えて消えてしまった。

ガヴリーラは身震いした。すべてがあまりにあっというまの出来事だった。口ひげを生やし、痩せたあの泥棒といる時に感じていた忌まわしい重苦しさと恐怖から解き放たれ、肩の荷が下りたような気がした。今のうちに逃げなくては！　ガヴリーラは思いきり深く息をついてから、あたりを見回した。左手にはマストのない船の輪郭が浮かび上がっていたが、うつろで人の気配がなく、巨大な柩か何かのようだった。波がその側面を打つたびにこだまが響いたが、空虚だがよく通るその音は、重いため息に似ていた。右手には、突堤の湿った石壁が、冷たい大蛇のように海面に延びていた。後方にも何か暗い骨組のようなものが見え、前方には柩のような船と突堤の壁のあいだの隙間から、沈黙して空虚な海がのぞいていた。

海の上には黒雲がかかっていた。雲は巨大で重々しく、その闇から恐怖をしたたらせながら、ゆっくりと動き、重々しさで今にも人間を押しつぶしてしまいそうだった。すべてが冷たく、暗く、不吉だった。ガヴリーラは恐ろしくなった。チェルカッシがもたらしたよりもさらにひどい恐怖に胸をつかまれて、臆して全身凍りつき、舟の座席に縛りつけられたようになってしまった。

あたりのすべてが黙していた。海の吐息よりほかに、物音は何ひとつしなかった。

黒雲はさっきと同じように、ゆっくりとものうげに空を這っていた。雲は海からひっきりなしに、ますますたくさん湧き起こってきた。空を眺めていると、こちらも本当は海で、眠たげで穏やかでなめらかな海の上で、もう一つの海がさかさまになって波立ち騒いでいるかのように思えた。実際、空の黒雲は、下方の大地に向かって——風によって自分たちがそこから引きちぎられてきた深淵に向かって——突き進む灰色の波頭のようだった。狂乱と憤怒のこもった緑がかった泡にまだ覆われていない、生まれたての大浪のようにも見えた。

ガヴリーラは、この陰鬱な静けさと美しさに圧倒されて、今はもう一刻も早く自分のボスに会いたいと思った。だがもし帰って来なかったら？　時はゆっくりと、黒雲が空を這うよりも緩慢に過ぎていった。そして静寂はときおり、いっそう不吉なものに感じられた。だがやがて突堤の壁の向こうから、水音やがさごそいう音、ささやき声のようなものが聞こえてきた。ガヴリーラは、自分が今にも死んでしまいそうな気がした。

「おい、寝てるのか？　受け取れ、慎重にな」チェルカッシの押し殺した声が響いた。角ばった、重い何かが壁から下りてきた。ガヴリーラはそれを手に取り、舟の底に置いた。またもう一つ同じような物が下りてきた。その後、石壁を伝って、チェルカッシのひょろりとした姿が現れた。その背中から櫂が顔をのぞかせている。ガヴリーラの足元に彼の背嚢が投げ出された。チェルカッシは、あえぎながら船尾に腰を下ろした。

そんなチェルカッシを見て、ガヴリーラはおずおずと、しかしそれでもうれしそうに微笑んだ。

「疲れたかい？」と彼は聞いた。

「そりゃそうだろう、このとんま。さあ、しっかり漕いでくれ。力いっぱい、思いっきりな。兄弟、お前もいい稼ぎになるぜ。仕事はもう半分は済んだ。後は、この化け物みたいな船の間を抜けさえすればいいのさ。そうすりゃ、金を受け取って、あとは女のところに帰れるぜ。お前には女がいるんだろう？　え、まだぼうずのくせに！」

「い、いや！」ガヴリーラは胸をふいごのように上下させ、手を鋼鉄のバネのように動かしながら、全力で漕いだ。舟の下の海水が心地好い音を立て、船尾に伸びているみおの幅が広くなった。ガヴリーラは全身汗みずくだったが、それでも力いっぱい漕ぎ続けた。今夜、すでに二回も恐怖を味わっていたので、さらにもう一度体験したくはなかった。望みはただひとつだけだった――この忌まわしい仕事を一刻も早く終わらせて、地面に降り立ち、本当に殺されるか牢屋にぶち込まれるかする前に、この人から逃げなければ！

ガヴリーラはチェルカッシに、自分からはもう何も、一言たりとも話しかけまいと決意した。その代わり、決して逆らわず、命令はすべて果たそう。そしてもしこの人とうまく手を切ることができたら、奇跡者ニコライに感謝の祈りを捧げよう。激しい心からの祈りの言葉が今にも胸から溢れ出しそうだったが、我慢した。蒸気釜のように喘ぎながらも、ひそめた眉の下からチェルカッシの様子をうかがい、黙っていた。

そのチェルカッシの方は、脂っ気がなく、ひょろりと背の高い体を、今にもどこかへ飛び立とうとしている鳥のように前かがみにして、船が進んでいく前方の闇を大鷹のようなまなざしでじっと見ていた。猛禽類のように曲がった鼻を動かし、舵の取手を片方の手でしっかり握りしめ、もう片方の手で微笑に震える口ひげをいじくっていた。薄い唇も、やはり微笑のせいで歪んでいた。

チェルカッシは自分の成功に満足だったのだ。自分自身にも、彼にひどく脅えて奴僕と化したこの若者にも満足だった。ガヴリーラが一生懸命漕いでいるのを見ているうちに、可愛そうになり、勇気づけてやりたくなった。

「おい、ひどく怖かったか?」薄笑いを浮かべて、チェルカッシは話しだした。

「ど、どうってことはなかったよ!」ガヴリーラは深く息を吐きだし、のどを鳴らした。

「さあ、ここからはあんまり力を入れて漕ぐんじゃない。もう十分だ。あと一カ所通り過ぎればいいだけだ。休みな」

ガヴリーラはおとなしく言うことを聞いて、舟を止め、顔から流れ落ちる汗を上着の袖で拭ってから、また櫂を水に下ろした。

「よし、もっと静かに漕ぐんだ。水が音を立てないようにな。警戒線を突破しなくちゃならん。そっと、そっとな……。兄弟、この水門だけは、少し訳が違うのさ。この奴らは真面目なんだ。銃をかましてくるかもしれん。運がなくて、額にぶち込まれでもしたら、あっという間におだぶつだぜ」

舟は今やほとんど全く音を立てずに、水面を滑るように進んで行った。櫂からしたたる青いしずくが海に落ちるたびに、その落ちた場所で、やはり青い斑点のようなものがわずかのあいだ光るだけで、夜はますます暗く静かだった。空は今ではもう波立つ海のようではなかった。黒雲が空いっぱいに散って、水面近くまで低く垂れ込め、なめらかだが重苦しいとばりとなって空をおおっていた。一方、海はますます黒みを帯びて穏やかになり、温かな塩っぽい匂いを強く発していた。もう、さっきまでのように、広々しているとは感じられなかった。

「なあ、もし雨が降ってくれれば」とチェルカッシはささやいた。「俺たちは緞帳の裏を行くみたいに、誰にも見られず進めるんだがな」

舟の右手にも左手にも、建物のようなものが姿を現した。それは動かず、黒々として陰鬱なカッターボートだった。そうした一艘の上で灯りが揺れた。誰かがカンテラを手に歩いているのだ。海は、それらの船の側面をなで、哀願するようなうつろな音を立てていた。船の方はと言えば、まるで海と言い争い、けっして譲歩すまいとしているかのような、やはりうつろで冷たいこだまのような音で応えていた。

「警備艇だ」聞こえるか聞こえないかの小声で、チェルカッシがささやいた。

もっと静かに漕ぐように命じられた瞬間から、ガヴリーラはまた何かを待ち構えるような鋭い緊張にとらわれ、全身をかがめて暗闇の中でもぞもぞとうごめいていた。闇の中で、自分が膨張し、どんどん巨大になっていくような気がした。体の中の骨や血管が、鈍い痛みを伴って伸び、ひとつの考えでいっぱいになった頭も痛んでいる。背中の皮膚がぴくぴくと震え、足には冷たくとがった小針が刺さっているようだった。緊張して闇を見ていたために、両目もひどく痛んだ。闇の中から今にも何かが現れ、自分たちに向かって「泥棒め、止まれ」と喚くのではないかという気がする。なぜか、ほとんどそれを期待する気持ちだった。

チェルカッシに「警備艇だ」とささやかれたそのとき、ガヴリーラはびくんと震えた。ある考えが鋭く刺すように全身を貫いて過ぎ、ぴんと伸びきった神経に触れたのだ。ガヴリーラは今にも助けを求めて叫びそうになった。もう実際に口を開いていた。舟の座部から少し腰を上げ、胸を張ってたくさんの空気を吸い込んでから口を開いたのだ。だが突然、鞭のように激しい恐怖に打ちのめされて、目を閉じ、座部からずり落ちた。

舟の前方、遠く水平線のあたりの黒い海面から、火のように青く巨大な光が剣のように伸びているのが目に入ったのだ。その先端は夜の闇を裂き、空を行く黒雲にまで達していたが、その一方で、海面にも広く青いすじとなって反射していた。そしてその海面の光のすじの輝きの中に、華麗な夜の闇をまとった、やはり黒い大型船が、黙したまま、それまで見えていなかった姿を現していた。それらはかつて嵐の絶大な力で海底に引きずりこまれ、長らくそこに沈んだままだったが、海が生んだこの炎の剣の命令によって、たった今、海底から立ち上ってきたもののように思われた。空を、そして水の上にあるものすべてを見るために上昇してきたのだ……。

船のマストからロープや索具が無数に垂れていた。その様子は、一緒に海底から上がってきた黒い巨人にまとわりついている、ねばねばした網状の藻のようだった。

この恐ろしい青い剣は、海の深みから立ち上ってきた。立ち上り、輝きで新たに夜を切り裂いて、それから別の方向に転じたのである。新しい光のすじの中にも、剣が及ぶまでは識別できなかった船の輪郭が浮き上がって見えた。

チェルカッシの舟は止まり、困ったように水面で揺れた。ガヴリーラは両手で顔をおおって、舟底にうずくまっていた。その彼をチェルカッシは足で小突き、凶暴な、しかし小さく押し殺した声で言った。

「バカだな、あれは税関の巡洋艦だ。光っているのはその探照灯さ。起きやがれ、こののろま、いつ俺たちに照明が当てられるかもわからないんだぞ！　くそったれ、お前は自分自身も、俺のことも破滅させる気か？　さあ！」

そして長靴のかかとで何度かガヴリーラの背中を蹴ったが、ガヴリーラがようやく飛び起きたのは、今までよりも強い一撃を背中に食らってからだった。目を開けるのをなお怖がりながらも、舟の座部に腰を下ろし、手さぐりで櫂をつかんで舟を漕ぎ出した。

「もっと静かに。ぶっ殺すぞ！　もっとそっとやれと言ったら！　何というあほだ、このくそったれ。何をおびえているんだ、バカ！　探照灯なんて、ただそれだけのものだ。櫂はもっとそっと漕げと言っているだろう。情けない野郎だな、あれは密輸業者を追っているんだ、俺たちを捕まえようとしているんじゃない、沖へ向かっているからな。怖がるな、奴らの狙いは俺たちじゃないんだから。俺たちはもう……」チェルカッシは勝ち誇ったように周囲を見回した。「もちろん、もう窮地を脱したってわけだ。ふん、この大まぬけめ、お前、ついてるぜ」

ガヴリーラは黙って漕ぎ、重く息をしながら、例の炎の剣がなおも上下している方角を横目で見ていた。チェルカッシが言うように、これがただの灯りだとは、どうしても信じられなかった。冷たい青い輝きは闇を裂き、海を銀色に光らせていたが、何か説明のつかないものを内に秘めているようだった。見ているうちに、ガヴリーラはまたもの悲しい恐怖にとらわれ、一種の催眠状態に落ちた。天からの衝撃を待ち受けるかのように、ずっと体を縮めたまま機械的に漕ぎ続けた。もはやガヴリーラには、いかなる望みもなかった。心を失い、空っぽだった。今夜の興奮の連続が、とうとう彼の中の人間らしさをすべて食い尽くしてしまったのだ。

一方、チェルカッシは勝ち誇っていた。衝撃を受けることに慣れきったその神経は、すでに平静を取り戻していた。とろけるような手つきで口ひげをひねり、目には光がともっていた。すばらしい気分で歯と歯の間から口笛を洩らし、しめりけのある海の空気を深く吸い込んでは、あたりを見渡していた。視線がガヴリーラに向くと、チェルカッシの顔に親切そうな微笑が浮かんだ。

駆けめぐる風に目を覚まされた海が、突然しけて、うねり出した。黒雲は何だか薄く透明になったように思われたが、実は空全体が雲におおわれたのだった。まだ弱いとはいえ、風が海上を吹きめぐったが、雲は微動だにせず、何か灰色のどんよりとした物思いにふけっているようだった。

「なあ、兄弟、そろそろしゃんとしな！　お前ときたら、毛穴から魂がすっかり抜けてしまったような顔をしているぜ。皮袋に骨だけが残っているようなざまだな。もうおしまいか、え？」

ガヴリーラは、人間の声が聞こえることが、たとえそれがチェルカッシが話しているのであっても、やはりうれしかった。

「大丈夫ですよ」と小声で言った。

「そうそう、それでいい、弱虫め。さあ舵を取りな、今度は俺が漕ぐ番だ。疲れただろう、さっさとしろ」

ガヴリーラは言われるままに場所を交替した。席を代わりながら、チェルカッシは相手をすばやく一瞥し、この若者の足が震え、よろよろしているのに気づくと、ますますかわいそうになり、肩を叩いてやった。

「もういい、もういい、怖かったか！　その代わり、いい稼ぎになったぜ。お代をたっぷり出してやろう。二十五ルーブリ紙幣がほしいか？」

「何にも要りません、岸に着きさえすれば」

チェルカッシは手を一振りし、唾を吐くと、その長い手で櫂を握り、大きく水をかいて漕ぎ始めた。

海が目ざめたかのようだった。小さな波を作り出しては泡で房のように縁取ったり、波と波をぶつけては細かなしぶきを飛ばしたりして戯れていた。消え失せるとき、泡はため息のような、しゅうしゅうという音を立てた。周囲のすべてがざわめき、爆《は》ぜ、音楽をかなでていた。闇が活気づいてきた。

「なあ、教えてくれ」チェルカッシが話しだした。「お前は村に戻って結婚する。土を掘り返して種を蒔く。女房がどんどん子供を産むが、食い物が足りない。だから一生、働きづめに働く。だがなあ、それが何だって言うんだ？　そんな人生にどんな面白味がある？」

「面白味の問題じゃないんですよ」ガヴリーラは震えながら、おずおずと答えた。

いつのまにか風によって黒雲に開いた裂け目から紺色の空が少しだけのぞき、一つ二つ小さな星が見えだした。揺れている海に映し出されたそれらの星は、波の上を駆けているように見えた。消えたかと思うと、また現れ、光るのだった。

「右へ舵を切れ」とチェルカッシが言った。「もうすぐ着くぜ。そうだ、おしまいだ。こいつは大仕事だった。なにせ、俺は今夜一晩で五百ルーブリ稼いだんだからな」

「五百ルーブリ？」信じられないようすでガヴリーラがゆっくりと繰り返したが、急に脅えたように舟底の包みを足で軽くつついて尋ねた。「いったい何なんです？」

「こいつは高価な品物さ。相場で売れば、千ルーブリはかたいところだ。だが俺はそんなに値をつり上げるつもりはない。どうだ、うまいやり方だろう？」

「そういうもんかなあ」ガヴリーラがいぶかしげに、ゆっくりと言った。「それだけの金が俺にあったら！」そして村と、そこでのつましいやり繰りと、母親のことを——今は遠く離れている懐かしいものすべてを思い出して、ため息をついた。それらのためにこそ、彼は出稼ぎに出てきたのだし、今夜さんざん苦しみもしたのである。小川に下っていく険しい坂の途中にあって、白樺や柳やナナカマドや野桜の林に囲まれている自分の小さな村の思い出が、波のようにガヴリーラに押し寄せてきた。「そうだとしたら、どんなに良いか！」そして悲しそうにため息をついた。

「そうだな、金を持ったら、お前は鉄道で帰ればいい。村じゃあ、娘どもに惚れられてよ、そりゃあもう、どいつもお望み通りってなもんだ！　それから家をぶっ建てる。いや、家を建てるには、さすがに少し足りないか」

「その通りで。家とまではいきませんね。俺たちの所じゃ、木が高いからね」

「それがどうした？　中古を買って直せばいい。馬はどうだ？　いるのか？」

「馬ですか？　いるにはいるけど、ひどい老いぼれで」

「うん、そんなら、まず馬だな。いい馬を買いな！　それから牛と羊、鳥も何種類か。どうだ？」

「お願いですから、もう言わないでください。そんなふうに暮らせたらなあ！」

「そうだ、兄弟、たいした暮らしができるだろう。そっち方面のことは、俺だって少しは知っているんだ。昔は俺にも家があったからな。親父は村でも豊かな方だった」

チェルカッシはゆっくりと漕いでいた。舟は、ぶつかって来てはしぶきを上げ、戯れている波の上で揺れながら、暗い海を少しずつ動いていった。海はますます活気づいてきた。

二人は水に揺られながら、瞑想するように周囲を見渡し、それぞれの物思いにふけっていた。チェルカッシがガヴリーラに村の話を仕向けたのは、この若者を少し勇気づけ、落ち着かせようと思ってのことだった。最初のうちは口ひげに冷笑を浮かべて話していたが、相手の言葉に茶々を入れたり、自分自身はだいぶ前に幻滅して、すっかり忘れていたのに、今になって甦ってきた百姓暮らしの喜びを思い出させたりしているうちに、しだいに夢中になってきた。村や、そこでの暮らしについて若者に質問する代わりに、自分でも気づかないままに、どんどん語りだしていた。

「百姓の暮らしで一番大切なことはな、兄弟、それは自由だ。自由というのは自分が自分の主人になるってことだ。自分の家を持つ。そりゃ二束三文かも知れんが、それでもとにかく自分のものだ！　自分の土地を持つ。たとえ猫のひたいほどの土地でも、それだってやっぱり自分のものだ。自分の土地では自分が王さ！　一人前ってことだ。そうなれば皆から尊敬されていい。そうじゃないか？」チェルカッシは熱を込めて語り終えた。

ガヴリーラは、そんなチェルカッシを、好奇心をもって眺めていたが、聞いているうちに、自分も同じように熱が入ってきた。言葉を交わしているうちに、自分が誰を相手にしているのかをすっかり忘れてしまった。彼は目の前に、自分と同じように何世代もの汗によって土地に永遠に縛りつけられ、子供の頃の思い出によって結び付けられている一人の百姓を見ていた。ただしそいつは勝手に大地から離れたことで相応の罪を受け、その罪をいつも持ち歩いているのだった。

「それは、兄弟、その通りです。ああ、まったく、その通りなんだ！　ご自分を見てごらんなさい、土地なしで、いったい今どうなっているか？　土地はね、兄弟、母親のようなもので、長いこと忘れているわけにはいかない代物なんです」

チェルカッシは我に返った。自分の自尊心――豪快な勇者としての自尊心が、誰かによって、とりわけ自分の目に無価値に見える者によって傷つけられたとき、いつも感じる苛々と焼けつくような痛みをまた感じた。

「よくしゃべる奴だな！」彼は激怒して言った。「お前は、ひょっとして、俺が今、こうしたすべてを本気で言っているとでも思ったのか？　へっ、おあいにくさまだな！」

「ほんとうに変な人だなあ」ガヴリーラはまた脅えてしまった。「あんたの事だけを言っているんじゃない。あんたみたいな人は、たくさんいるに違いないんです。実際、ふしあわせで、あちこちうろついている人が、この世にはどれだけいることか！」

「座って櫂を漕げ、このぼけが！」チェルカッシは、激流のようにこみ上げてきた罵倒の塊を、なぜか喉元で押し殺して短く命令した。

二人はまた席を替わったが、チェルカッシは包みをまたいで、船尾に這って行きながら、ガヴリーラをけとばし、水の中にぶちこんでしまいたいという激しい欲求を覚えた。

短い会話はとぎれてしまったが、今ではガヴリーラのその沈黙からさえ、村の香りが漂ってくる。チェルカッシは舟を操るのも忘れて思い出にふけった。その間に舟は波によって向きを変えられ、沖の方向に流れていった。波が、まるでこの舟が目標を失ったことを理解しているかのように、しだいに高く押し寄せ、かろやかに舟と戯れた。櫂の下で優しい燐光が何度も青くきらめいた。

だがチェルカッシの目の前をすばやく流れていたのは、遠く過ぎ去った日々のさまざまな光景だった。それは、十一年間の流浪生活という大きな壁によって、現在からはっきりと隔てられている日々である。赤ん坊だった頃の自分や、故郷の村や、血色が良くむっちりとして善良そうな灰色の目をした母親や、赤いあごひげを生やして厳しい顔つきをした父親が目に浮かんだ。その次には、花婿姿の自分と長いお下げ髪で、やはりむっちりと肉付きが良く、陽気で黒い目をした女房のアンフィーサ。それから今度は近衛部隊の兵士となった美丈夫の自分の姿。既にごま塩頭となり、長年の仕事で腰が曲がってしまった父親と、皺だらけになり、地面にうずくまっているような母親の姿も見えた。その次に今度は軍隊勤務から戻ったときに、村総出で出迎えを受けたときの光景が――口ひげを生やして健康そうな兵士となったわが息子を、父親が村の人々に自慢するようすが目に浮かんだ。記憶とは不幸な人々にとって鞭のようなものである一方、過去という石くれに命を吹き込んだり、かつて嘗めたどんな苦杯にも蜜の味を加えてくれたりするのである。

チェルカッシは、心をなだめてくれる故郷の空気の流れに包まれている自分を感じた。それは、母親の優しい言葉や、まじめな百姓だった父親の厳粛な口ぶりや、その他たくさんの忘れていた音を、そして雪が溶け、耕されて、秋播《あきまき》小麦に覆われて明るい緑色になったばかりのみずみずしい母なる大地の香りを運んできた。チェルカッシは、体内を流れている血を作り上げてくれた生の秩序から、自分が永遠に切り離され、見捨てられていることを思い、孤独を感じた。

「ねえ、俺たちはどこへ向かっているんです？」ガヴリーラがふいに聞いた。

チェルカッシはびくんと一つ身震いして、また猛禽類の張り詰めた目になり、周囲を見まわした。

「ちぇっ、なんてこった！　もっと力を入れて漕ぎな」

「考え込んでいたんだね？」ガヴリーラが微笑んで聞いた。

「疲れたのさ」

「それじゃあ、俺たちはもう、こいつのせいでしょっぴかれる心配はないんですね？」言いながら、ガヴリーラは舟底の包みを足で軽く蹴った。

「安心しな、それはもう大丈夫だ。もうすぐ引き渡して、金を受け取るんだ」

「五百ルーブリ！」

「それ以下ってことはないな」

「そいつは大金だ！　俺みたいな不運な男に、もしそんな金があったら、そいつを抱きしめて歌っちゃいますぜ！」

「百姓風にか？」

「いや、もう百姓はやめです！　今すぐにでも……」

ガヴリーラはそのまま妄想の翼をはためかせたが、チェルカッシは黙っていた。その口ひげは垂れ下がり、波に何度も打たれた右半身が濡れていた。両の目はくぼみ、輝きを失い、強欲さが薄れていた。自己卑下の物思いが汚れた上着のしわにまで滲んでいるようで、その姿は輪郭さえもぼんやりとしていた。

チェルカッシは舟を急転回させ、海面から突き出ている何か黒いものの方へと向けた。

空はまた一面、黒雲におおわれた。暖かな小雨が波頭に落ちて、ばらばらと陽気な音を立てて降り始めた。

「止まれ、もっと静かに」チェルカッシが命じた。

舟の鼻先が貨物船の胴体にがつんとぶつかった。

「何だ、ちくしょう、寝てやがるのか？」船ばたから垂れている縄のようなものを鉤竿でたぐり寄せながら、チェルカッシがぶつぶつと言った。

「はしごを寄こせ！　雨が降り出したから、この時刻で精一杯だったんだ。おい、てめえら、おいったら！」

「セルカッシか？」親切そうな小声が上の方から響いた。

「だから、はしごを降ろせったら！」

「カリメラ」ギリシャ語で「こんにちは」」、セルカッシ！」

「はしごを寄こせと言ってるだろう、この煤ぼけ野郎が！」チェルカッシはさらに大声で叫んだ。

「なんだ、今日は機嫌が悪いな。ほらよ！」

「ガヴリーラ、登れ」チェルカッシは仲間の方を向いて言った。

一分後には、二人はもう甲板の上にいた。そこにはひげもじゃの人影が三人いて、しゅうしゅういう奇妙な言葉で活発に話し合いながら、脇に付けてあるチェルカッシの舟を見ていた。古代ギリシャのキトンのような上着をまとった四番目の男がチェルカッシに近づき、無言のまま握手してから、ガヴリーラを疑わしそうに一瞥した。

「朝までに金を準備してくれ」チェルカッシは手短に言った。「少し眠って来るからよ。ガヴリーラ、行くぜ！　何か食いたいか？」

「眠る方がいい」とガヴリーラは答え、五分後にはもういびきをかいていた。だが、並んで腰を下ろしていたチェルカッシは、しばらく誰かの革靴を足に当ててみたり、物悲しげに脇へ唾を吐いたり、寂しそうに口笛を吹いたりしていた。それからガヴリーラの横に寝そべって、両手を頭の下に組み、口ひげをもぞもぞと動かした。

貨物船は戯れている水の上で、静かに揺れていた。木材がどこかできしみ、あわれっぽい音を立てていた。やわらかな雨が甲板に降り、波が船ばたにぶつかる音が響いていた。こうしたすべてがもの悲しく、まるで息子の幸せに希望を持てないでいる母親の子守歌のように聞こえるのだった。

チェルカッシは歯をむき出して頭を上げ、周囲を見まわして何かをつぶやいてから、また横になった。手足を長々と伸ばしたその姿は、大きなはさみのようだった。

3

チェルカッシが先に目を覚ました。不安そうにあたりを眺め、すぐに安心して、まだ眠っているガヴリーラに目をやった。ガヴリーラは安らかにいびきを立てながら、健康的に日焼けした子供っぽい顔で夢の中の何かに微笑みかけていた。チェルカッシは息をつくと、細い縄ばしごに足をかけ、上がって行った。船倉の明かり取りから鉛色の空のかけらが見えた。もう明るくなってはいたが、秋めいて、ものうい灰色だった。

チェルカッシは二時間ほどして戻ってきた。顔が紅潮し、口ひげは上を向いて反り返っていた。頑丈な長靴をはき、ジャケットに革のズボンといういでたちの彼は、まるで猟師のようだった。それらの服装はすべてすり切れていたが、なかなか良い物らしく、チェルカッシによく似合っていた。骨と皮ばかりの体つきを隠し、大柄に見せて、戦士のような印象を醸し出していた。

「おい起きろ、こののろまめ」と言いながら、彼はガヴリーラを蹴った。

ガヴリーラは飛び起きたが、まだ寝ぼけていたのでチェルカッシがわからず、ぼんやりとおびえた目つきで、しばらく相手を見つめていた。チェルカッシは笑いだした。

「なんという格好だ！」ようやく顔いっぱいに微笑んで、ガヴリーラが言った。「旦那衆のようだね！」

「ここらじゃ、こういうものはすぐ手に入るのさ。それにしてもお前は臆病だな。昨日の晩、何回死にかけた？」

「考えてもみてください、こういう仕事は、俺は初めてだったんだもの！　魂を永久に滅ぼしちまうかもしれなかったんだから」

「ふん、もう一回行くか？　どうだ？」

「もう一回？　でも、だって……。どう言ったもんかなあ。いくらもらえるんです？　それが何より問題なんだ」

「ふん、それじゃ百ルーブリ札を二枚でどうだ？」

「つまり、二百ルーブリですか？　そんなら……いいですよ……」

「ちょっと待て、魂を滅ぼしちまうという話は、どうなった？」

「だって、ひょっとしたら、大丈夫かもしれないし！」ガヴリーラは薄笑いを浮かべた。「魂は大丈夫なまま、一人前で一生を過ごせるかもしれない」

チェルカッシは楽しそうに大笑いした。

「まあいい、冗談は冗談として、岸に行こう」

そして彼らはまた舟を進めた。チェルカッシが舵を取り、ガヴリーラが櫂を漕いだ。

二人の頭上に広がる灰色の空は、一面厚い雲におおわれていた。濁った緑色の海は、小さいが騒々しい波で舟を持ち上げたり、陽気に船ばたに打ちつけては、きらめく塩っぽいしぶきを上げたりして戯れていた。船首のかなたには砂浜が黄色い筋のように見え、船尾には、白いふわふわの泡飾りを付けた波が押し寄せ、凹凸にうねる海がどこまでも広がっていた。遠くに、たくさんの舟が見えた。左手の遠方にはマストが林立し、さらにその先には白っぽい家々が寄せ集まって街となっていた。そこから海に向かって鈍いどよめきが断続的に流れてきて、波音と混じり合い、力強くすばらしい音楽を奏でていた。やがて、こうしたすべてに灰のように細かな霧がかかり、ひとつひとつを隔てていった。

「こりゃあ、夜までには荒れだすな」頭で海を指して、チェルカッシが言った。

「嵐ですか?」力を込めて櫂で波を切りながらガヴリーラが聞いた。海を渡る風が起こすしぶきのために、頭の先から足の先まで全身びしょ濡れだった。

「そうだ」チェルカッシはうなずいた。

ガヴリーラは好奇心でいっぱいの目で相手を見た。

「ところで、あんたはいくら受け取ったんです？」チェルカッシに会話を始める気がないのを見て取ったガヴリーラは、ついに聞いた。

「ほら、こんだけよ！」ポケットから取り出したものをガヴリーラの方に近づけながら、チェルカッシが言った。

ガヴリーラは色とりどりの札を見たが、それらすべてが虹のように明るく輝いているように思えた。

「ああ、あんたはホラを吹いているんだと思ってました！　いくらです？」

「五百四十ルーブリ」

「す、すごいな」とガヴリーラはつぶやき、五百四十ルーブリがまたチェルカッシのポケットにしまわれるのを、むさぼるような目つきで追った。

「もしそれだけの金があったらなあ」そして打ちひしがれたようにため息をついた。

「二人で遊びまくろうか？」チェルカッシは有頂天になって叫んだ。「金は十分あるんだ。兄弟、分けてもらえるなんて思うなよ……。いや、やっぱり四十ルーブリ分けてやろう。どうだ、満足か？　今すぐほしいか？」

「もしあんたが嫌でないなら、何で断るんです？　もちろんいただきますよ」

ガヴリーラは、胸を鋭く刺すような期待でいっぱいになり、全身震えていた。

「へっ、この悪魔の手先め、もちろんいただきますよときたもんだ。いただけ、兄弟、どうぞどうぞだ。心からお願いするぜ、いただいてくれ。こんだけの金をどこに隠せば良いかわからないんでな。助けてくれ。ほらよ、いただくがいい」

チェルカッシは何枚かの紙幣を握った手をガヴリーラの方に伸ばした。ガヴリーラは震える手で受け取ると、櫂を放り出した。貪欲そうに目を細め、何か熱いものを飲んだみたいに、音を立てて胸いっぱいに空気を吸い込みながら、ふところのどこかに金をしまった。チェルカッシはそんな相手を、馬鹿にしたような薄笑いを頬に浮かべて眺めていた。ガヴリーラはまた櫂を引っつかみ、まるで何かに脅えてでもいるように、目を伏せて神経質に急いで漕ぎ始めた。その肩や両耳がぶるぶる震えていた。

「さもしい奴だな、お前は！　良くないことだ。お前はいったい何者だ？　百姓じゃないか」チェルカッシは考え深そうに言った。

「だって金さえありゃあ、できることがあるからね！」ガヴリーラは、とつぜん感情を爆発させ、全身震わせて、そう叫んだ。そして、まるで自分の思考に追いつき、うまい言葉をつかもうとするみたいに、とぎれとぎれの早口で、金がある場合とない場合の、村での暮らしについて話しだした。金さえありゃあ、尊敬されるし、満足できるし、楽しみもあるってもんだ！

チェルカッシは、何か物思いにふけるように目を細め、ガヴリーラの言葉に注意深く耳を傾けていた。その真剣な表情を、ときおり満ち足りた微笑がかすめた。

「着いたぜ」と、彼はしゃべり続けていたガヴリーラをさえぎった。

波が小舟をとらえ、巧みに砂浜に押し上げてくれた。

「さて兄弟、これでおしまいだ。舟はもう少し陸まで引き上げなくちゃならない、誰かが取りに来るだろうから、流されないようにな。それがすんだら、俺とお前はここでお別れだ。ここから街までは、八ヴェルスタくらいだ。お前は、あれだろう、また街へ戻るんだろう？」

チェルカッシの顔は、親切そうでもあり、狡猾そうでもある微笑に輝いていた。何か自分にとってとても愉快で、ガヴリーラには思いもよらないことを思いついたというような気配が、全身から漂っていた。手をポケットに突っ込み、内側で札束の音をさせた。

「いや、俺は街へは行きません。俺は……」ガヴリーラは何かに圧しつけられたように、息切れがしていた。

チェルカッシは相手の顔を見て、「何をもじもじしてやがるんだ？」と聞いた。

「そうさね」ガヴリーラの顔は赤くなったり灰色になったりした。チェルカッシの方に駆け寄るでもなく、実行するのが困難な何か別の願望に苛まれてでもいるように、その場でためらっていた。

この若者がそんなふうに興奮しているのを見て、チェルカッシも落ち着かない気持ちになり、この興奮が次にどういう形を取るのかを待つことにした。

ガヴリーラは、むせび泣くような、何だか奇妙な笑いに取りつかれた。頭を垂れていたので、その表情はチェルカッシにはうかがい知れなかったが、ただガヴリーラの耳が赤くなったり青くなったりしているのだけは、ぼんやりと見えた。

「くそったれ！」チェルカッシは手を一振りした。「俺に惚れでもしたのか？　娘っこみたいにもじもじしやがって！　俺との別れがやりきれないとでも言うつもりか？

ええ、このガキめ、何か言え、さもないと俺はもう行くぞ！」

「行ってしまうのかい？」ガヴリーラがよく通る声で叫んだ。

その声で、人けない砂浜がふるえた。まるで海の波が黄色い砂を揺するときのようだった。チェルカッシも身ぶるいしたが、ガヴリーラは急にチェルカッシの足元に身を投げ出し、その足を両手で抱きしめ、自分の方に引き寄せた。チェルカッシは足を取られてよろめき、砂の上にどさりと尻もちをついた。彼は歯ぎしりしながら、かたく握ったこぶしをガヴリーラに振り下ろそうと、空中に長い腕を振り上げたが、恥ずかしげに懇願するささやき声を耳にして凍りついてしまった。

「お願いですから、その金を俺にください！　神かけて、お願いですから！　その金があんたにとってどれほどのものだと言うんです。あんたはそんな金を一晩、たった一晩で……。俺には何年もかけなきゃ稼げない額なんだ。くれたら、あんたのために祈ります。三つの教会を回って、あんたの魂が救われますようにって、いつまでもお祈りします。あんたは金を風に散らせてしまうが、俺はそいつを大地にそそぎこむんだ。だから、ねえ、そいつをください！　あんたにとって金が何になります？　あんたには大した額でもないでしょう、一晩でまた金持ちになれるんだから。善を施してください！　あんたは終わった人間だ、もう見込みがない。だが俺はまだ……。ねえ、その金を俺にください！」

チェルカッシは驚き、困惑し、はらわたが煮えくり返るようだったが、背中をそらし、手をつっかえ棒のように地面につけた姿勢で、黙って砂の上に座っていた。そして自分の両膝の間に頭を埋め、息を切らしながらささやき声で懇願し続ける若者を、恐ろしいほど大きく見開いた目でじっと見ていた。だが、やがてガヴリーラを押しのけ、すばやく立ち上がると、ポケットに手を突っ込むや、相手めがけて札を投げつけた。

「食らえ！」興奮と、この貪欲な奴隷根性の若者に対する激しい憐憫と憎悪とで、ぶるぶる震えながら、彼は叫んだ。そして金を叩きつけると、自分を英雄のように感じた。

「俺はな、はなからもう、お前にもっとやるつもりだったんだ。昨日話していて、村を思い出したもんでな……。可愛そうになって、若人《わこうど》を助けてやろうと考えた。お前がどうするか、どう切り出すか、待っていたのさ。それなのにお前ときたら……。え、情けない野郎だ、物乞いめ！　金のために、そこまで卑屈になれるものか？　バカめ、貪欲な虫けらめ！　我を忘れて、はした金で自分を売りとばしやがって！」

「ああ、キリストがあんたをお救いくださいますように。俺は今いったい何を手に入れたんだ？　俺は……もう……金持ちだ！」ガヴリーラは震えながらふところに金をしまい、有頂天になって叫んだ。「ああ、あんたは善い人だ！　このご恩は永遠に忘れません、絶対に！　女房にも、ガキ共にも言いますとも、あんたのために祈れってね！」

チェルカッシはガヴリーラの喜びに満ちたむせび泣きを聞き、渇望が満たされ、有頂天になって歪み、輝いているその顔を見つめながら、自分は泥棒で、慕わしく懐かしいすべてのものと縁の切れたごろつきだが、こいつのように欲にまみれ、卑しく我を忘れることは決してないだろうと感じていた。自分は決してこんなふうになりはしない！　彼が人けない砂浜でガヴリーラのそばから立ち去ろうとしなかったのは、胸に抱いたこのような考え、感覚のため、自分が自由であるという意識に満たされていたからだった。

「あんたは俺にしあわせを恵んでくださった」ガヴリーラは叫び、チェルカッシの手を取ると、それを自分の顔に強く押し当てた。

チェルカッシは黙ったまま、狼のように歯をむき出して笑った。ガヴリーラは心の内をなおも吐露しつづけた。

「俺が何を考えていたと思います？　岸に着いたら、こいつを（つまりあんたを）櫂で一発打ちのめして、金を自分のものにして、こいつを（つまりあんたを）海にぶち込んでやろうって考えていたんです！　こいつがいなくなったって、誰も気づく気遣いはないんだから……。そりゃ死体は見つかるだろうが、犯人探しが始まるはずはない。騒ぎになるような人間じゃないってね。この大地に必要のない人間なんだ、誰が捜索なんかするもんかってね！」

「おい、金を返せ！」チェルカッシは、ガヴリーラののどをつかんで叫んでいた……。

ガヴリーラは一度、それからもう一度もがいたが、チェルカッシはさらにもう片方の手を蛇のように巻きつけた。上着の裂ける音が響き、見ると、ガヴリーラは砂の上に横たわり、眼を狂ったように見開いて、両手の指で空をかきむしり、足をばたばたさせていた。チェルカッシは背すじをまっすぐに伸ばし、悪意に満ちて、歯をのぞかせた毒々しく乾いた笑みを、猛獣のような顔に浮かべていた。角張ってとがった顔の上で、口ひげがぴくぴくと神経質に躍っていた。彼の人生で、これほどまでにうちのめされたことはなかった。これほどの怒りに駆られたことも一度もなかった。それから背を向け、街の方へと歩き出した。

「どうだ、お前は今、幸せか？」笑いの合間にチェルカッシは聞いた。それから背を向け、街の方へと歩き出した。だがチェルカッシがまだ五歩も進まないうちに、ガヴリーラは猫のように身をくねらせ、すばやく立ち上がった。そして敵意に満ちた声で

「食らえ！」と叫ぶや、宙に大きく腕を振って、後ろから丸い石を投げつけた。

チェルカッシは何かくぐもった声を立て、両手で頭を抱えたまま、前方につんのめった。そしてガヴリーラの方を向いたが、そのまま顔から砂の上に倒れた。そのようすを見て、ガヴリーラは凍りついた。チェルカッシは足をかすかに動かし、頭を上げようとしたが、弦のように震えたかと思うと、そのままのびてしまった。ガヴリーラはどこか遠くをめざして逃げ出した。

行く手には霧の広野が広がり、その上空には黒雲が立ち込めていて暗かった。波は砂の上に押し寄せ、砂とともに引いては、また押し寄せてきた。泡がしゅうしゅうという音を立て、水のしぶきが宙を飛んでいた。

雨がぱらぱらと降り始めた。最初はまばらだったが、すぐに大粒の豪雨となり、たくさんの細い流れとなって天から降り注ぎだした。雨の糸は細かな網の目となり、や

がてその網の目にさえぎられて、広野のかなたも海のかなたも見えなくなった。ガヴリーラもその向こうに消えてしまった。長い間、海辺の砂の上に横たわる長身の人影と雨のほかには、目に入るものは何ひとつなかった。だが突然、雨の向こうから、駆けて来るガヴリーラの姿がまた現れた。鳥が飛ぶようにチェルカッシに駆け寄ると、その前にひざまずき、体を仰向けにしようとしたが、なまあたたかく赤いねばねばしたものに手が触れるとびくりと震え、狂ったような青ざめた顔をして身を引いた。

「兄弟、起きてくれ！」激しい雨音のなかで、チェルカッシの耳元に口を寄せ、ガヴリーラはささやいた。

チェルカッシは気がつくと、しゃがれ声で「あっちへ行け」と言い、ガヴリーラを手で押しやった。

「兄弟、許してください！　魔がさしたんだ」ガヴリーラはチェルカッシの手にキスをし、震えながらささやいた。

「行け、失せやがれ」とかすれ声で言った。

「俺の魂から罪の重荷をどけてください！　兄弟、許してくれ！」

「許すだと？　とっとと失せろ！　地獄に落ちやがれ！」突然、チェルカッシが大声で叫んで、砂の上に起き上がった。その顔は蒼白でものすごかったが、目はまだぼんやりとしていて、まるでひどく眠たいみたいに、ときどき閉じてしまうのだった。

「まだ何か必要なのか？　なすべきことはしたんだろう？　行け、とっとと行っちまえ！」そしてチェルカッシは、悲嘆にくれているガヴリーラを足で押しやろうとしたが、うまくいかなかった。もしガヴリーラが肩をつかんで支えなければ、そのままひっくり返っていただろう。今、チェルカッシの顔とガヴリーラの顔は同じ高さに並んでいた。どちらも青ざめ、恐ろしい形相だった。

チェルカッシは、さっきまで自分の子分だった男の大きく見開いた目に向けて、ぺっと唾を吐いた。

ガヴリーラはおとなしく袖で唾をぬぐうと、小さな声で言った。

「好きなようにしてください……。言葉で何を言っても仕方がない。神かけて、許してください！」

「最低な野郎だな、悪事ひとつできねえのか！」蔑むようにそう言うと、チェルカッシはジャケットの下のシャツの袖を引き裂き、黙ったまま、ただ時々歯を食いしばりながら、包帯のように頭に巻き始めた。そして「金は取ったのか？」と、口の中でぼそぼそ言った。

「取ってないよ、兄弟！　俺はいらない！　災難はいつも金のせいで起きるんだ」

チェルカッシはジャケットのポケットに手を突っ込むと、札束を引っ張り出した。百ルーブリ紙幣を一枚だけポケットに戻して、残りをガヴリーラの方に放り投げた。

「取って、行っちまえ！」

「受け取れないよ、兄弟。できない！　勘弁してくれ！」

「取れと言っているんだ！」チェルカッシは、目を恐ろしくぎらぎらさせて吠えた。

「許してください！　許してくれなきゃ……もらえねえ」ガヴリーラはおどおどと言うと、チェルカッシの足もとの、雨をたっぷり吸い込んで湿った砂の上にうずくまった。

「この嘘つきめ、結局は取るんだろう、豚野郎！」チェルカッシはしっかりした声でそう言い、相手の髪をつかんで、何とか顔を上げさせると、その鼻先に金を突きつけた。

「取れ、取るんだ！　お前だって、ただ働きしたわけじゃない。怖がるな、取れ！　人を殺しかけたことを恥じる必要はない。俺みたいな人間を殺《や》ったって、処罰しようなんて思う奴はいないさ。ばれても、かえって礼を言われるくらいのもんだ。さあ、取れ！」

チェルカッシが笑っているのを見て、ガヴリーラは気が楽になり、金を手にしっかりと握りしめた。

「兄弟、俺を許してくれ……。やっぱり許せないかい？」哀れっぽく聞いた。

「何を許すって言うんだ？」立ちあがろうとして、なおもよろめきながら、チェルカッシは相手に調子を合わせて答えた。「何でもないさ。今日はお前が俺を殺そうとした、明日は俺がお前を殺るかもしれん」

「ああ、兄弟！」首を振りながら、ガヴリーラは悲しげにため息をついた。

だがチェルカッシは、何だか奇妙なふうに微笑みながら、ガヴリーラの前にたたずんでいた。頭に巻いた布は少しずつ血に染まり、赤いトルコ帽のようになった。

雨はますますどしゃ降りになった。海は低くざわめき、波が凶暴に怒り狂って岸に打ちつけていた。

二人の人間は、しばらく黙って立っていた。

「さあ、これでおさらばだ」チェルカッシは皮肉な口調でそう言うと、歩き出した。

だがその足は震え、歩き方は覚束なかった。それに何だか奇妙なふうに――まるでなくすのを恐れているみたいに頭を手で支えていた。

「兄弟、許してくれ!」ガヴリーラがもう一度言った。

「どうってことないさ」とチェルカッシは冷たく答え、そのまま歩いて行った。

その足取りは、なおよろめいていた。チェルカッシは左の手のひらで頭を支え、右手で栗色の口ひげを静かにひねりながら歩いて行った。

黒雲から雨がますます激しく、数限りない細い流れとなって降ってきて、見分けもつかぬ鋼鉄色の闇で広野をおおってしまった。雨の向こうにチェルカッシの姿が消えてしまうまで、ガヴリーラはずっと見送っていた。

それからびしょ濡れのつばつき帽を取り、十字を切ると、手に握りしめた金に目をやった。そして胸いっぱいに深く息をつき、金をふところに入れると、しっかりとした大きな足取りで、チェルカッシが消えたのとは反対の方向に歩き出した。

海は吠え、重い大波が押し寄せては、しぶきと泡を上げて砂浜を打ち砕いていた。雨が水面と大地を裂いていた。風がうなりをあげていた。あたりの一切がとどろき、叫び、どよめいていた。雨のとばりの向こうには、海も空ももう見えなかった。

チェルカッシが横たわっていた場所の赤いしみは、やがて雨と波のしぶきに洗い流されてしまった。岸辺の砂の上のチェルカッシと若者の足跡も消えてしまった。人けない海岸には、二人の人間のあいだで演じられた小さなドラマを思わせるものは、もう何ひとつ残っていなかった。

女

風が大平原を吹きぬけ、カフカース[1]の山々の岩肌を打つ。木もなくむき出しの峰はまるで巨大な帆のようで、大地が風を切って底なしの青い深淵を疾走しているかに思える。風に引きちぎられて後に残った雲の影がなめらかに地上を動いていくが、実はこれは大地にしがみつこうとして、踏みとどまれずに泣き、うめいているのである。

木々が谷の方にしなる姿も、まるで駆けているようだ。低木は、犬が毛を風になびかせているみたいに枝を強く揺らし、黒い大地を這っている。大地は土ぼこりの中にすっかり霞んでいる。葉が立てる乾いた音、高低さまざまな声が止むことなく流れている。ときおり、コウノトリのさえずりや、カラスの声も響く。平原からはたえずコオロギの声が聞こえている。そして、まるでこうしたすべてに号令するかのように、コサック[2]村のがっちりと大柄な住人たちの叫び声が響きわたる。木のない大平原から、脱穀後の金色のわらが転がってくる。コサックの村の広場は華やかだが、そこでは灰色の旋風が渦を巻き、太陽に焼かれて黄色くなった葉や鳥の羽根が舞っている。

太陽がすばやく現れては、あっという間に消えていく。まるで疾走する大地を追いかけていた太陽が疲れはて、遅れを取って、空から西方の混沌へと堕ちていくようだ。雪を抱く峰はその方角にも見え、開墾された土地のように重く湿った黒雲は赤みを帯びていた。

巨大な雲塊の合間から、エリブルス山[3]の双頭の頂と、その他の山々の険しく水晶のような峰が、ときおり顔をのぞかせ、まばゆくきらめいている。山々は雲にしがみつ

1　黒海とカスピ海の間の山岳地帯。ほぼ現在のジョージア（グルジア）、アルメニア、アゼルバイジャンと、その北部の地域（現在のロシア連邦内のダゲスタン、オセチア、チェチェンほか）などを指す。古来より様々な帝国の支配下に入った「文明の十字路」だったが、十八世紀末から十九世紀中葉にかけてロシア帝国の版図に入った。ゴーリキーは一八九一年に主に北カフカース地域を放浪しており、この短篇はその際の印象に多くを負っている。

2　カフカースにはコサックの集団が多く入植し、十九世紀半ばまでロシアの支配に抵抗する現地諸民族に対する軍事作戦の主力を担っていた。

いて、引きとめようとしているかのようだ。空間の中を大地が疾駆していることがはっきりと感じられる。美しく愛しい大地とともに自分もまた飛んでいるという事実への陶酔と緊張から、息をするのも苦しいほどだ。万年雪に光り輝くこれらの山々を見ていると、その向こうには果てしなく青い海が広がっていて、さらにその先にも、奇跡のようにまた別の大地が広がっていることを思わずにはいられない。そしてまたそれらの上方にただ青い空虚が広がっているということも……。その空虚の、ほとんど見えないほどのどこか遠くで、未知の惑星が——色とりどりの球体、われらが地球の血を分けた姉妹が回転しているに違いない。

大草原の方角から、脱穀済みの小麦を積んだ荷車がやって来る。カーボン紙のようにぎとぎとと黒いほこりの中を、角《つの》が上に向かってねじれた鼠色の雄牛が、忍耐強そうな丸い目で地面を見つめながら、少しずつゆっくりと進んでいる。荷車の上では、ほこりで灰色になった上着を着て、もこもこした円筒帽をうなじの方にずらしたコサックが横になっている。その顔は日に焼けて黒く、目は風を受けて血走り、汗とほこりがへばりついたあごひげは、石のように固くなっている。別のコサックが荷車の前、頸木《くびき》の横を歩いている。風がその背中を押し、上着をふくらませている。コサックたちも雄牛と同じように肉づきが良く、堂々として、忍耐強そうな聡明な目をしている。まるで行く手に何が待ち受けているかを熟知しているように、彼らもまた、急ぐことなく進んでいる。

「ほーい、ほーい」牛を追うかけ声が響く。

彼らのところは今年、豊作だった。だから皆、健康で満ち足りているはずなのだが、彼らはひそめた眉の下からこちらをうかがい、面倒くさそうに口の中でもぐもぐと話す。仕事のせいで疲れているのかもしれなかった。

コサック村の真ん中には、赤レンガ造りの教会がそびえ立っている。葱坊主のドームが五つも付いていて、入口の上の方には鐘楼が見える。窓の框《かまち》には漆喰と黄味がかった塗料が塗られているので、教会全体がまるで何層にもたっぷりと脂の乗った肉を貼り合わせてできているようだ。影までがでっぷりと重そうに見える。満ち足りて

3　カフカース山脈の最高峰。西の峰は標高五六四二メートル、東の峰が五六二一メートル。氷河と万年雪に覆われた双頭峰。近代ロシア文学でその崇高さをしばしばうたわれ、平原が多いロシア本土と対照的なカフカースを象徴する山となった。

いる人々が、安らかで大いなる神に捧げた建造物である。

そのまわりには、やはりでっぷりと太った女たちのような、低く白い小屋が輪になって建っている。柵はその腰に巻いた縒《よ》り縄《なわ》のよう、庭は女たちが身にまとっている華やかな絹のようだ。葦でふいた屋根は、色のあせた金襴を思わせる。その屋根の上では銀色のポプラが揺れ、レース編みのようなアカシアの葉が震えている。何かの乾ききった鞘が、子供のおもちゃのがらがらのような音を立てている。手のひらほどの栗の木の葉っぱが、まるで、すばやく逃げていく雲をつかまえようとしているように、空中ではためいている。

コサックの女たちが、スカートとシュミーズの裾をたくし上げ、がっちりと太い脚を膝までむき出しにして、庭から庭へと走り回っている。これは、祭の前に用事を片付けてしまおうと、急いでいるのである。女たちは不安そうなようすで、お互いに、あるいは丸々とした子どもたちに声をかけているが、子どもたちの方はといえば、スズメみたいに砂まみれになり、少しずつ砂をすくっては空中高く振りまいていた。

教会の柵の近く、乾いて赤茶けた雑草が生えているあたりには、風をよけて、コサックたちが「仕事探しのぶらぶら野郎ども」と呼ぶ連中が寝そべっていた。総勢二十人ほどの彼らは皆「やくざな奴ら」――運命が親切にほほえみかけてくる幸運を期待して待つだけの夢想家か、さもなければ、豊かな大地のこのうえない広がりに酔いしれ、いかにもロシア的な放浪への情熱の虜《とりこ》となっている怠け者である。こうした者たちは二、三人で徒党を組み、村から村へと歩き回っている。これは「仕事探し」を目的としているはずだったが、実際には手をこまねいて、ただ見ているだけ、仕事がいくらでもあることに驚くだけなのだった。彼らが働くのは、飢えを和らげる別の手段、つまり物乞いや盗みをすることが不可能な、特別なときだけだった。

明日は聖母昇天祭[4]で、お祝いが行われる豊かな村には、いたるところから、こうした者たちが続々と集まってきていた。祝祭日には、働かなくても、たらふく飲み食いさせてくれるだろうと当てにしているのである。

こうした「ロシア出身者」は皆、中部の県の出で、不慣れな南の太陽に焼かれて真っ黒な顔をし、髪も色があせていた。身につけている衣服は風に吹かれ、引きむしられて、ぼろぼろだった。誰も皆おとなしくて、信心深いふりをしているが、実のと

4 正教の固定祭日。旧暦で八月十五日（グレゴリオ暦で八月二十八日）。

ころはただ人生の失敗や日々の労働に疲れているだけなのである。ここに集まっているのは、そういう輩《やから》だった。

穀物をどっさり積んだ荷車が、大きな音を上げ、きしみながら脇を通りすぎていくとき、「ロシア出身者」たちは、くちゃくちゃとわらを嚙みながら荷車の横を行くコサックに向かって、慇懃なお辞儀をする。だがコサックの方は、お辞儀を返すでもなく、さも軽蔑したように流し目でちらっと見るだけだ。灰色のぼろを着たよそ者が自分の目の前で身を屈めているのを、まったく見ようともしない者の方が多かったかもしれない。

コサックに向かってお辞儀をするときに、他の者よりも目立って丁寧で、腰を低くしていたのは、トゥーラ県から来たコニョフだった。燃えさしのようにしなびて、真っ黒に日焼けし、骨ばった顔中に黒ひげを無造作に伸ばしている。眼窩の奥に深く引っ込んでいる濃い色の目に、さも優しげな微笑を浮かべていた。

私は今日この一団に加わったばかりだったが、コニョフとは古い知り合いだった。クールスクからここテレク地方まで来る道すがら、何度か会っていたのだ。コニョフはいわゆる「社交的」な、人々の中にいることを好む性質だったが、どうやらそれはひどく臆病だったためらしい。アレクシン郡の砂地にへばりついているような自分の生まれ故郷の村以外のあらゆる土地について、彼は確信をこめて、いつも同じことを言っていた。

「そりゃあ実際、ここは豊かな土地さ。だがここの人間とは仲良くなれねえな。絶対に無理だ！　俺たちのところの人間の方が、はるかに心がこもっている。正真正銘のロシア人さ。ここいらの奴らとは比較にならん！　ここの人間は石のようで、魂には三コペイカの価値しかない！」

コニョフは瞑想的な落ちついた口調で、思いがけなく金持ちになる奇跡譚を語るのが好きだった。

「なあ、お前は蹄鉄のご利益なんか信じないだろうが、ひとつ教えてやろう。エフレーモフ村のある百姓が、蹄鉄をひろったんだ。すると、それから三週間ばかり後、

5　現在のチェチェン、ダゲスタンをはじめとするロシア連邦内カフカース系諸共和国およびスタヴローポリ州の一部に当たる地域。地方内を流れ、カスピ海に注いでいるテレク川は、しばしばロシア本土とカフカースの境界と見なされていた。一八六〇年にテレク州が作られたが、テレク・コサック軍の管轄地とされた。

同じ村で雑貨屋をやっていた、そいつの叔父貴のところで火が出て、家族ごと焼け死んじまった。そういうことがあるんだな。遺産はそっくりこの百姓のものになった。いいや、お前、知らないことには口を出さない方がいいぜ。運命は人間を憐れんでくれる、善意で見守ってくれているんだ」

上向きに生えているコニョフの黒い眉毛は額のあたりまで長く伸び、驚くたびに目が眼窩の奥から転がり出てきた。まるで彼自身、自分が話した物語を信じられずにいるようだった。

コサックがお辞儀に応えようともせずに通り過ぎていくと、コニョフはその後ろ姿を目で追いながら、ぶつぶつ言った。

「満ち足りていると、人間でさえも目に入らなくなるものかな。いや、はっきり言ってやる、ありゃあ心が乾いているんだ！」

コニョフは二人の女と道連れだった。一人は二十歳くらいで、小柄でずんぐりしていて、目に生気がなく、いつも口を半分ぽかんと開いて、なんだかおかしな顔をしていた。下半分はいつも歯を見せて笑っているようだが、狭い額の下でぴくりとも動かない目をのぞきこむと、ヒステリー女みたいにおびえ、かん高い声で今にも泣きだすのではないかという表情をしている。

「あいつは他の奴らと一緒に、あたしをこんな所に放り出しやがって」女は野太い声で愚痴を言いながら、色あせた髪を短い指で緑と黄色のショールの下にしまいこむのだった。

頬骨の張った大きな顔にモンゴル人のように小さな目の付いている若者が、女の脇腹を小突きながら、面倒くさそうにしゃがれ声で言った。

「お前は捨てられたのさ。もしまたそいつを見かけたなら……」

「そうだなあ」背嚢の中身を片付けながら、考え込んでいるみたいに間のびした口調で、コニョフが言った。「今じゃあ、女はただ捨てられるだけだ。こんなご時勢じゃ、二束三文、何の役にも立たんからな」

女は顔をしかめた。おびえたように目をしばしばさせ、口をだらしなくぽかんと開けたまま、黙り込んだ。もう一人の女が、はっきりとした口調で、すばやくささやいた。

「あんた、こいつらの言うことなんか聞くんじゃないよ。ただのならず者なんだから」

その女は、さらに五歳ほど年を食っていたが、やはりいっぷう変わった顔の持ち主で、黒くて大きなその目は、まるでふざけてでもいるように、ほとんど一秒ごとに印象が変わった。コサックの村の通りが延びている先の、風が吹き荒れている遠くの方を、じっと食い入るように見つめていたかと思うと、ふいに何かを探すように人の顔を見、その後で不安そうに目を細めながら、美しい唇に微笑を浮かべる。だがうつむいて顔を隠し、また顔を上げると、表情が一変し、怒ったような大きな目をして、細い眉と眉の間に深い皺を刻んでいる。形は端整だが荒れた唇を一文字にきっと結んでいる。そして、まっすぐに通った小さな鼻から、馬のように荒々しく息を吸い込むのである。

この女には、何か百姓とは違うものが感じられた。青いスカートから、踝《くるぶし》から下の部分がのぞいていたが、それはあかぎれだらけではあったけれども、田舎に住む人間のもののように、歩き過ぎてつぶれて太くなっている脚ではなかった。甲の部分が高くすらりとしていて、むしろ革靴を履きなれている者の足つきのようだった。白い水玉模様の青い上着をつくろっていたが、針仕事には慣れていると見え、日焼けした小さな手が、しわくちゃの生地の上で、すばやく滑らかに動いていた。その手から風が縫いものを奪い取ろうとするが、どうしてもうまくいかない。女は座って身を屈めていたので、着ている亜麻の服の襟元から、小さくて固そうな乳房がのぞいていた。それは一見、若い娘の胸のようだったが、引っ張られたように伸びた乳首は、赤ん坊に乳をやったことのある女だということを物語っていた。

流浪の人々の群のなかで、この女は、古くて錆びついた鉄くずの山のなかで光る銅片のようなものだった。私が一緒に大地をさまよっている者たちの大部分は、土ぼこりのような灰色の人間で、人生行路を上ることも下ることもない。驚くほど、この世に必要のない存在だった。彼らの心を開かせ、自分がまだ知らない思いや、聞いたことのない言葉が息づいている魂の奥底をのぞき込もうとしても、つかみどころがない。私は生のすべてを美しく誇り高いものとして目にしたいと思うし、そのようなものにしたいとも思うのだが、実際の生はいつも、触れれば手が切れそうな鋭角の断面や、暗い陥穽や、みじめに打ちひしがれた嘘つきどもばかりを見せつけてくるのだった。私は、こうした人々の魂の闇に、自分の炎の小さな火花のかけらを投げ込みたかった。音もなき空虚のなかで、魂から闇が跡形もなく消えうせてしまうように。

ところがこの女を見ていると、その過去を推し量ってみないわけにはいかなくなる。

妄想をかき立てられ、私は赤の他人である彼女の人生の入り組んだ来歴を想像し、自分自身の希望や願望で彩るのだった。それが虚構であることは自分でもわかっていた。そうやってこの女を見ていても、時とともに失望させられるだろうことも知っていた。だが現実がこんなにも歪んだものであることをただ見ているのは、わびしかったのである。

大柄な赤毛の百姓が目を伏せ、言葉を探すのに苦労しながら、まるでタールのように野太い声で、ゆっくりとこう言った。

「まあいい。出かけようぜ。お望みであろうとなかろうと、道々いろいろ聞かせてやる。して、コニョフ、お前はただの泥棒さ、それ以外の何者でもない」

この男の発音する「お」の母音は力強く、丸みを帯びて響いた。まるで田舎道の温かな土ぼこりのなかを、重い荷車の車輪が転がって行くような感じだった。

頬骨の張った若者は、緑と黄色のショールをまとった若い方の女にじっと目を据えていた。若者の目は盲人のように曇っていて、白目も鉛色に濁っていた。若者は、もぎとった草の茎を雄牛のようにくちゃくちゃと嚙みながら、上着の袖を肩までまくり上げた。そして肘を曲げて、盛り上がった自分の筋肉をちらりと見ながら、ふいにコニョフに聞いた。

「お望みなら、一発お見舞いしようか？」

コニョフは、錆びついた一プードの分銅のように大きな相手のこぶしを考え込むように見た後、ため息をついてこう答えた。

「自分の頭にお見舞いした方がいいぜ。そうすりゃ、少しは賢くなるかもしれん」

若者はコニョフを陰鬱な顔で見ながら、聞き返した。

「どうして俺がバカだと思うんだ？」

「見ればわかるさ」

「いや、ちょっと待て」大儀そうに膝立ちになりながら、若者は聞いた。「お前は、俺がどういう人間か、どうしてわかる？」

「お前たちのところの県知事が教えてくれたのさ」

若者は少し黙って、驚いたようにコニョフを見ていたが、やがてまた聞いた。

「じゃあ、俺がどこの県の出身か、言ってみろ」

「自分で忘れたんなら、つべこべ言うんじゃねえ」

「いや、待て！　もしも俺がお前に一発お見舞いしたら……」

年上の女が縫う手を止めて、寒そうに肩を軽く回してから、優しく問いかけた。

「でも実際、あんたはどこの県の出なの？」

「俺か？　ペンザよ」若者は膝立ちをやめて、すばやくしゃがみこんだ。「ペンザ県だが、それがどうした？」

「そう」

若い方の女が押し殺した声で、奇妙なふうに笑いだした。

「私もだよ」

「どこの郡だ？」

「郡もペンザさ」若い女は誇らしげに言った。

若者は、まるで焚火にあたってでもいるようなようすで座りこみ、女に手を差し伸べ、説得するような口調で話しだした。

「俺たちの街はいいよな！　居酒屋、教会、石の家……。居酒屋によっては、機械じかけのピアノが演奏しているんだ。ほしいものが何でもある。どんな歌でも聞けるんだ」

「そして喧嘩もあるんだろうさ」とコニョフが小声でつぶやいたが、街の魅力を語ることに夢中になっている若者の耳にはもう聞こえなかった。まるで言葉をしゃぶるように湿った大きな唇をびちゃびちゃ言わせながら、うなるように語り続けた。

「石の家があるんだぜ」

縫物をしていた方の女が、再び手を止めて聞いた。

「修道院もあるの？」

「修道院？」

荒々しく頰をひっかくと、若者は口をつぐみ、やがて怒ったような口調で答えた。

「修道院か、そいつはわからねえ。街には一度いたきりだからな。俺たちみたいな飢えた奴らが、鉄道を敷くのに駆り出されたときさ」

「やれやれ」コニョフがため息をついて腰を上げ、どこかへ立ち去った。

人々が教会の柵に身を寄せ合っているさまは、大草原の風に吹かれて集まってきた吹き溜まりのようで、風しだいでまた草原へと散っていくのかもしれなかった。眠り込んでいる者が三人、その他は上着をつくろったり、シラミをつぶしたり、コサックの家の窓の下で集めてきたこちこちのパンを、気乗りのしないようすで嚙んだりしていた。

彼らを見ているのは退屈だった。若者の度しがたいおしゃべりを聞いているのは腹立たしかった。年上の女は、縫物から何度も顔を上げて、若者に向かってほんの少し微笑んでみせた。それはごく控えめな微笑だったが、見ているとやはり苛々したので、私はコニョフを探しに出かけた。

教会の敷地への入口のところに、四本のポプラが門番か何かのように立っていた。風に吹かれて、乾いた埃っぽい地面に届かんばかりにたわんだり、遠く広がる平原の方に傾いたりしていた。遠方はぼんやりとかすんでいたが、雪を冠してそびえる峰々ははっきりと見えた。赤茶けた平原には黄金の日の光が降り注ぎ、なめらかで人けがなく、かすかな風音や、乾いた草がさらさらとそよぐ音で、人間を招いているようだった。

「女はどうした?」ポプラの木に身を寄せ、幹を両腕で抱きかかえるようにしながら、夢見るようにコニョフが聞いた。

「あの女はどこから来たんだ」私は聞き返した。

「リャザンの出だと言っていたな。タチヤーナというんだ」

「もう長いこと、あんたと一緒にいるのかい」

「いいや、長いも何も、今朝、ここから三十ヴェルスタほどの所で会ったばかりさ。もうひとりの女とは友だちらしいがな。もっとも、タチヤーナとは以前、マイコープ[6]の近くのラバ川沿いで刈取りの仕事をしていたときに会ったことがある。そのときは、もういい年の、兵隊みたいに髭をそった男と一緒だった。伯父だとか言っていたが、どうだかわかったもんじゃない。酔っ払いで喧嘩っ早い奴だったよ。三日に二度の割合で、袋叩きに遭っていたな。ところが今は、あの女友だちと一緒にいるというわけだ。伯父さんとやらは、馬の尻帯と手綱を盗んだ罪で、コサック村の牢屋に入れられているんだとよ」

こうした話をコニョフは自分からしたのだが、その間ずっと何か陰鬱な考えに捉われているようすで、地面を見ていた。そのまばらなあごひげや穴だらけの上着を風がはためかせ、つばがもげて裏地も破れた、しわくちゃでぼろぼろの帽子を頭から吹き

6　現在のロシア連邦内アディゲ共和国の首都。一八五七年にクバン・コサックの要塞都市として建設され、一八六四年のカフカース諸民族の抵抗の終結まで軍事的に重要な役割を果たした後、この地域の中心都市として発展した。

飛ばそうとしていた。子供用の頭巾のようなこの帽子のせいで、おかしな形のコニョフの頭が、さらに滑稽で女性めいて見えた。

「まあそうだ」コニョフは唾を吐いてから、あまり口を動かさずに間延びした口調で言った。「ありゃあ、なかなかの女だ。駿馬と言ったところさ。真ん丸顔のあの若僧め、いやな奴が現れたもんだ。見てな、俺ならあの女とうまくやれるかもしれんが、あの若僧は要するにただの犬畜生よ」

「でもあんたは結婚しているって、前に言っていたじゃないか」

コニョフは私を腹立たしげに一瞥すると、そっぽを向きながら、つぶやいた。

「女房を背嚢に入れて持ち歩くというわけにもいかないだろう」

口ひげの濃いコサックが、体をかしげて、広場を横切って来るのが見えた。片手に大きな鍵の束を持ち、もう片方の手には、つばのついたしわくちゃの帽子を握っている。すすり泣き、こぶしで目をしきりにこすっている八歳くらいの巻毛の男の子と、憂鬱そうな顔をして尾を垂れている毛むくじゃらの犬とが、その後を追っていた。どうやら叱られたに違いない。男の子のすすり泣きが大きくなると、コサックは足を止め、子どもが来るのを黙って待った。そして帽子のつばで男の子の頭のてっぺんを叩くと、また酔っぱらいのように体を揺らしながら先を急いだ。子どもと犬は数秒間、その場に立ち止まっていた——男の子はかん高い声で泣きながら、犬の方は年寄りじみたその黒い鼻で無頓着に空気の匂いを嗅ぎ、イガの付いた草を尻尾で揺らしながら。すべてのものに慣れきっているように見えるその犬の姿は、どこかコニョフに似ていた。ただし犬の方が老いていた。

「さっきお前は女房のことを言ったが」重いため息をつきながら、コニョフが言った。「女房というものは、病気と違って、死ぬまで付き合わなきゃならんというものでもない。俺は、十九で結婚させられた」

この話はもう何度か聞かされていたので、私はその続きを知っていたが、コニョフを止めるのは面倒だった。聞き飽きたセリフが耳の中にしつこく這いこんできた。

「がたいのいい娘だったが、あっちの方にも目がなかった。ガキが、ベッドの下からゴキブリが出てくるみたいに、ぽんぽん、ぽんぽん生まれやがった」

風が少し静まり、ものうげに何事かささやきかけてくる。

「気がついたら、七人も生まれて、しかもあきれたことに、みんな元気だ。工場で十三年働いて、気がつけば女房は四十二、俺が四十三、あっちはもう老婆だが、俺の方は、まだ元気さ。だが貧乏にはすっかり参っちまって、一番上の娘はこの冬、物乞いに出した。他にどうしようがある? 俺の方は街を転々としたが、貧乏人には、いつだって同じことさ。すてきなものがいっぱいあるが、どうせ手が出ない。俺はもう潮時と見てとって、一切合切に唾を吐きかけ、そして出て来たのさ」

ひょろりとした痩せ型のこの人間が働き者だとは考えにくかった。コニョフの口調は、不平を言っているというのではなく、誰か別の人のことを思いだして、それをただ話しているかのようだった。

先ほどのコサックが私たちに並び、口ひげをひねってから、低い声で聞いてきた。

「どこから来た?」

「ロシアだ」

「お前たちは皆、そっちから来るんだな」

コサックはそう言い、私たちを手で追い払うようなしぐさをすると、教会の入口の階段の方に向かって行った。彼の鼻は醜くて大きく、本来丸いはずの目は顔の脂肪に押されて細くなっていた。はげた頭はナマズを思い起こさせた。男の子が、鼻をこすりながら、その後を追って行った。犬は私たちの脚を嗅ぎ、大きなあくびを一つすると、教会の柵の下に長々と寝そべった。

「見たか？」コニョフがぶつぶつ言った。「いいや、ロシアの民は、あいつらよりずっと礼儀正しいぜ。──ちょっと待て！」

柵の角を曲がった向こうから、かん高い女のわめき声や、何かを殴る鈍い音が聞こえてきたので、私たちはそっちの方角に急いだ。目にしたのは、赤毛の百姓がペンザから来た若者の上に馬乗りになって、があがあ怒鳴りたて、味わうように回数を数えながら、重そうな手のひらで相手の耳を殴りつけている光景だった。リャザンの出だという女が赤毛の背中をこづいても無駄だった。その女友だちもかん高い声で喚いていたが、その他の者は皆立ち上がって、押し合いへし合いしながら、笑い、叫んでいた。

「これはまた！」

「ごーぉ」赤毛が数えた。

「喧嘩の理由は何だ？」

「ろーく！」

「おい、もうやめろ、たくさんだろう」コニョフは興奮して、その場で飛び跳ねた。

人をぶつ、ぴしゃりという音が、次から次へと響き渡った。若者は顔を地面に突っ込み、荒い息で土ぼこりを立てながら、足をばたばたさせ、のたうっていた。麦藁帽の下から陰気な顔をのぞかせている背の高い男が、急がずに上着の袖をまくると、長い腕を振り回した。落ち着きのない色あせた感じの若者が、スズメのように皆の間を回って、小声で忠告をくり返していた。

「止めなくちゃ！ 騒ぎを起こしたってんで、みんな手が後ろに回っちまうぜ！」

だが背の高い男は、喧嘩している二人に近づくと、若者の上に馬乗りになっていた赤毛のこめかみに一撃を食らわせて倒した。そして皆の方を向きながら、教えさとすように言った。

「これがタンボフの流儀よ！」

「恥知らず！ ならず者！」リャザンの女が、頬をどす黒く紅潮させて叫んだ。そして若者の上にかがみ込み、ぶたれて血まみれになった顔を、スカートの裾で拭いてやった。彼女の黒い目は憤怒のせいで乾いた輝きを放ち、病的にぶるぶると震えている唇の奥から、小さいがきれいな歯並びがのぞいていた。

女のまわりを飛び跳ねながら、コニョフが「おいお前、水だ、水をやれ」と勧めた。

赤毛は膝立ちになると、タンボフの男に自分のこぶしを伸ばして、どなった。

「あいつが力自慢をしやがったから、やってやったのさ」

「自慢されたら、殴るのか？」

「お前はいったい何者だ？」

「俺か？」

「おおよ」

「もう一発お見舞いしてもらいたいか？」

他の者たちは、この喧嘩を始めたのがどちらなのかを熱く議論していた。落ち着きのない若者が、手をたたきながら、皆に懇願していた。

「騒ぐのはやめろってば！　ここはよその土地だ。厳しいったらないんだ。ああ神さま！」

若者の耳は奇妙なほどに大きくて、もしその気になれば、耳たぶで目を覆うこともできそうだった。

鐘の音が、突然の吐息のように赤い空に響き渡り、他の一切の音をかき消した。ちょうどそのとき、群衆の中にコサックの若者が入り込んできた。ぼさぼさの髪で、そばかすだらけの丸顔だったが、手には棒を持っていた。

「何を騒いでいるんだ、ろくでもない」人の好さそうな調子で尋ねた。

「人が殴られたのさ」とリャザンの女が答えた。見るからに腹を立てているその姿は美しかった。

コサックは女の方を見て、薄笑いを浮かべた。

「あんた方はどこで寝るんだ？」

誰かが自信なげに言った。

「まあ、そこら辺かな」

「それはいけない。教会に盗みに入るかもしれないからな。司令部[7]に行こう。そこであんた方に泊まる家を割り振ってくれる」

「こいつは願ってもねえ！」私と並んで歩きながら、コニョフが言った。「今夜はともかくも屋根の下で眠れそうだ」

「泥棒だと思われているんだぞ」と私が言った。

「それはどこでもそうさ。俺たちのところでも、やっぱり同じふうにするだろう。慎重な方がいいのは当たり前だ。よそ者はいつも泥棒だと考えていた方が間違いはないのさ」

リャザンの女は、鼻の腫れあがった若者と並んで、私たちよりも先を歩いていた。若者はぐったりとして、聞き取りにくい口調で何かつぶやいていたが、女は背筋をまっすぐに伸ばし、母親のようにきっぱりとした口調で話していた。

「あんたは若いんだから、盗っ人どもと付き合ったりしてちゃ、駄目だよ」

鐘がゆっくりと鳴った。まるで私たちを出迎えるかのように、清潔な服を着た年寄りたちが家や庭からのろのろと出てきた。人けのなかった道路が活気づいて、頑丈な家々もさっきよりは愛想よく私たちを窺っているように思えた。

女の子のよく通る大きな声が聞こえた。

「おかあさん、おかあさんったら！　緑のトランクの鍵はどこ？　リボンを出したいの」

鐘の音に答えるように、牛たちがうつろな声で鳴いていた。

風は静かになった。赤い雲がゆっくりとコサック村の上空へと動いてきた。山々の峰も真っ赤に染まっていた。峰が溶け、金色の炎の流れとなって、大平原に押し寄せ

7　コサック軍団の司令部。村の役場のような役割も担っていた。

てくるのではないかと思われた。平原にはコウノトリが岩から彫り出された彫刻のように一本足で立っていた。今日という日に疲れた草たちが、さわさわと静かにさやいでいた。

司令部の入っている家の庭で、私たちは身分証明書を取り上げられた。証明書を持っていないことがわかった二人は庭の隅に連れて行かれ、そこの暗い家畜小屋に閉じ込められた。すべては、うんざりするほどありふれたことのように静穏に行われた。コニョフは暗くなっていく空を憂鬱そうに眺めながら、つぶやいた。

「実際、驚きだぜ」

「何が？」

「たとえば、この身分証明書というやつさ。善良でおとなしい人間なら、身分証明書なんかなくたって、大地を自由に歩かせてもいい道理じゃないか。たとえば、もし俺が害のない人間なら……」

「あんたは害があるよ」怒ったような口調で、確信ありげにリャザンの女が言った。

「なぜ、そう思うんだ？」

「そう思う理由があるのさ」

コニョフは薄笑いを浮かべると、目を閉じ、黙ってしまった。

夕べの祈禱が終わるまで、私たちは庭のあちこちで、殺された羊の群れのようにぶっ倒れていた。その後、私とコニョフと二人の女とペンザ出の若者は、村のはずれの空き家に連れて行かれた。家は、壁に穴が開き、窓のガラスも割れていた。

「通りに出ないこと。さもないと逮捕する」私たちを連れてきたコサックが言った。

「小さなひとかけらでもいいから、パンをくれないか」コニョフが口の中でもごもごと言った。コサックは落ち着いて聞いた。

「おまえは働いたか？」

「さあ、どうだろう」

「俺のためには？」

「そんな機会はなかったが……」

「そういう機会があったら、俺はあんたにパンをやるよ」

そしてこの太ってちんちくりんのコサックは、まるで樽のように庭から転がり出て行った。

「してやられたな」眉を額の真ん中辺まで上げながら、コニョフはあきれたようにつぶやいた。「ここの人間は、要するに、ペテン師ばかりだ。そうだとも！」

女たちは、小屋の一番暗い隅に行くと、ほとんど瞬時に寝入ってしまった。若者は鼻を荒く鳴らしながら、しばらく壁や床を手探りしていたが、どこかへ消えると、手に一抱えの藁を持って戻ってきて、床に敷き詰め、傷だらけの頭の下に手を組んで、黙って横になった。

「見てみな、ペンザ者がたいしたもんじゃないか！」コニョフがうらやましそうに叫んだ。「おい女ども、どっかに藁があるようだぞ」

隅から腹立たしげな声で答が返ってきた。

「行って、運んできておくれ」

「お前たちにか？」

「私たちにだよ」

「ふむ、運ばないわけにはいくまいな」

だがコニョフは窓の敷居に腰かけ、しばらくの間、逸話を語った。神様に祈りに教会に行ったが、つかまって家畜小屋に閉じこめられた貧しい者たちについての話だった。

「そうなのさ。それなのにお前は、民衆の魂は一つだなんて、のたまいやがって。いいや兄弟、わがロシアの人々は、自分を正しい人間だと考えることさえ遠慮するんだ」

そして突然、通りに飛び降り、音もなく姿を消した。

若者は不安な夢を見ているらしく、床に投げ出した太い脚と腕をもぞもぞと動かしたり、うなったり、いびきをかいたり、藁をがさごそいわせたりしていた。暗闇の中で女たちの衣服もかさこそと音を立て、小屋の屋根の乾いた葦もさらさらと鳴っていた。風はなおも吐息のように突発的に吹いて、そのたびに何かの枝が壁にぶつかる音がした。すべてがまるで夢の中のようだった。窓の外には、星も見えない漆黒の夜が、いろんな声で、なにか物悲しいことをささやいていた。

それから物音はしだいに弱まっていった。教会の鐘が十度鳴り、その響きが溶けてなくなるように消えてしまうと、いっそう静かになった。まるで多くの生き物が夜の鐘の音に脅えて、見えない大地と見えない空へと立ち去り、隠れてしまったようだった。

私は窓のそばに座って、大地が闇に息づいているさまを眺めた。さっきまで黒々とした地面の上に盛り上がって見えていた灰色の家々は、温かく湿った重い空気によって輪郭を奪われ、闇の中に消えていた。教会も、まるで拭い去られたかのように、もう見えなかった。風は多翼の天使となって、大地を三日続けて駆り立てたすえに、濃い闇の中に追いやったのである。疲労にあえぐ大地は、もはやかすかにうごめいているだけだった。しっかりと食い入ってきたこの狭い暗黒の中で、大地は力なく、今にもその動きを永久に止めてしまいそうだった。そして、やはり疲れはてた風の方も、幾千ものその翼を力なくたたんでいた。天使たちの青や白や金色の羽も折れ、血にまみれ、ほこりに重く覆われているように思えた。

ちっぽけで物悲しい人間の生は、本当はすばらしい歌であるはずなのだ。そのメロディが、ろくでもない酔っ払いのアコーディオン弾きや、しかるべき声も耳も持たない歌い手によって、腹立たしいほどに台無しにされているのだ。地上のすべてに対する憤怒と焼けつくような愛に満ちた言葉を誰かに投げつけてやりたいと、魂が疼くほどに激しく思った。太陽がその光で抱擁し、やさしく愛撫して受胎させた大地を、宇宙という青い空間の中で運んでいるその美しさを語りたかった。人々が誇りに満ちて顔を上げるような言葉を語ってやりたかった。そのような思いが高まると、おのずから、若書きの詩になるのだった。

われらは皆、親しい大地によって
幸福のために生みだされた
大地がもっと美しくなるために
われらは太陽からの賜物
この輝ける太陽の寺院で
われらは神であり祭司だ
生はわれらによって創られる

女たちが潜んでいる小屋の隅から、闇の中を流れるとぎれとぎれのせせらぎのように、小さなささやきが漏れ聞こえてきた。私はどちらが何を話しているのか、二人の声を聞き分けようと、緊張して耳を傾けた。

確信ありげに、リャザン出のタチヤーナがこう言っていた。

「痛がるようすを見せちゃ駄目だよ」

ペンザ出の若い方が、鼻にかかった声を出した。

「そうだねえ。がまんさえできれば、そうするけど」

「平気なふりをしなって言っているのさ。あいつがどんなにぶってきても、あんたにとっちゃどうってことなくて、冗談くらいにしか感じないってところを見せなくちゃいけないんだ」

「でも、そうしたら、もっとぶってくるでしょう？」

「それでもにっこり笑いかけてやるんだ。やさしくほほえむんだよ」

「あんたは、自分がぶたれたわけじゃないから、わからないんだよ」

「わかるわよ！　ねえあんた、あたしだって、ずいぶんとぶたれたものさ。怖がることはないよ、そのうちぶたなくなるから」

どこかで犬の遠吠えが聞こえた。一瞬の沈黙の後、他の犬がそれに応えだし、猛然と鳴き交わした。そのため私は二分ほど女たちの会話が聞こえなかった。犬どもが黙ると、またタチヤーナの静かな語りが耳に流れてきた。

「男たちだって生きるのがつらいのさ。あんたは、それを忘れてはいけないよ。あたしたち単純な人間は皆つらいんだ。だからね、誰かが、どうってことないというところを見せなくちゃならないんだよ。まるで平ちゃらなんだってところをね」

「ああ、清らかなる聖母マリア」

「女の愛撫というのは、たいしたものなんだよ。旦那だろうと、いい人だろうと、男にとって女というのは母親の代わりなんだ。あんたも試してみてごらん。男があんたを大切に思って、自慢し始めるから。俺の女房は、俺の望むことを何でもしてくれる。明るくて、優しくて、まるで五月の月のような女だってね。たとえ首を切られたって、屈してはいけないんだよ」

「いやだ」

「じゃあ、どうしたいと言うのさ。あんた、人生とはそういうものなんだよ」

腹立たしいことに、誰かのおぼつかない足音が道の方から聞こえ、私が二人の会話を聞き取るのを妨げた。

「聖母様の夢の話を知っているかい？」とタチヤーナ。

「知らない」

「婆さんがたに聞いてごらん。知っておいて損はないよ。字は読めないのかい？」

「読めないよ。どんな夢さ？」

「じゃあ、教えてあげる……」

だがそのとき、窓の下で、コニョフが用心深く言う声が聞こえた。

「ここが俺たちの宿かな？　そうだ、ああ良かった！　兄弟、俺は道に迷って、犬を起こしちまってな。もう少しでひどい目にあうところだった。そら、受け取ってくれ」

コニョフはまず私にスイカを手渡し、ほこりを払いながら騒々しく窓から入ってきた。

「パン切れもたっぷり手に入れてきた。盗んだと思っているな？　いいや、断じて。もし懇願すればもらえるなら、何だって盗む必要がある？　俺はこういうことには目が利くのさ。取り入るのがうまいんだ。歩いていて、あかりがついている家の中で、みんながテーブルについて夕食を食べているのを見かけるだろう。人が大勢いるところには、かならずひとりは善人がいるものさ。それで、酒と晩飯をたっぷり飲み食いさせてもらい、みやげまで持たされたというわけだ。おい女ども！」

女たちは答えなかった。

「売女め、ぐうぐう寝ていやがるのか？」

「何か用？」タチヤーナがそっけなく聞いた。

「スイカがほしくないか？」

「ありがとう」

コニョフは声のする方向に、慎重に動いていった。

「パンはどうだ？　小麦の、柔らかいやつだ、お前みたいにな」

ペンザの女が、物乞いのような声で言った。

「あたしにもパンをおくれな」

「良い答だ！　だがお前たちはどこだ？」

「スイカもおくれな」

「お前は、どっちだ？」

「あら！」とタチヤーナが病的に声を荒らげた。「どこへ持って行く気さ、このまぬけ」

「大きな声を出すなよ。暗かっただけさ」

「マッチをつければいいでしょう、この畜生！」

「畜生ならお互いさまだろう。あいにくマッチがあんまり残っていないもんでな。俺とお前が喧嘩したって、たいしたことじゃない。亭主にぶたれる方が痛かったんじゃないか？　よく殴られたんだろう？」

「それがあんたと何の関係があるっていうの？」

「いや単なる好奇心だがね。こういう女を……」

「よく聞きな。あたしに触るんじゃない。さもないと……」

「さもないと、どうする？」

コニョフとタチヤーナは、こんなふうに手短な言葉を、しだいに悪意を込めて投げつけ合っていたが、やがてタチヤーナの方が耳をつんざくような叫び声を上げた。

「ああ、けがらわしい。あっちへ行って」

騒ぎが始まった。何か柔らかいものをぶつ音が響き、胸の悪くなるようなコニョフの忍び笑いが聞こえた。ペンザの女がはっきりしない声で言った。

「ふざけないでよ、恥知らず」

私はマッチをつけ、彼らの方に近づいて、無言でコニョフを引き離した。私の行動は彼を怒らせることなく、かえってなにか落ち着かせたような具合だった。コニョフは私の足元に座り込み、荒い息遣いをして、何度も唾を吐きながら、口説くように言った。

「バカ女め、ちょっとふざけただけなのに、本気で怒りやがって。減るもんでもないだろうに！」

「あんたにふさわしい報いだよ」隅から、落ち着いた声が飛んだ。

「ふん、まあ、いいさ。唇が切れたが、たいしたことじゃない」

「また寄って来たら、今度は頭をかち割ってやる」

「まるで馬だな。田舎出のバカ女だ。お前だってな」と、コニョフは今度は私に向かって言った。「手当たり次第に引っ張って、服を破りやがって……」

「人間を侮辱するな」

「侮辱？　お前も変わった奴だな。こんなことで、女どもが侮辱を感じると思うのか？」

そして彼は、嘲笑交じりの嫌な口調で、女がどんなに上手に罪を犯すことができるか、男を欺くことにいかに巧みかを語りだした。

「どスケベどもが」ペンザの女が眠そうな声で文句を言った。

眠っていた若者が歯ぎしりすると、飛び起きて座りこみ、両手で頭を抱えて、陰鬱な調子で叫んだ。

「俺は明日、ここを出ていく。家に帰る。ああ神様、どこでも同じこった！」

そして殺されでもしたかのように、またひっくり返って寝てしまった。コニョフが言った。

「ウドの大木め」

闇の中で黒い人影が、水の中の魚のように音もなく立ち上がると、泳ぐように扉の方に動いて消えた。

「出て行ったな」コニョフは察知した。「たいした女だぜ！　だがな、もしお前が邪魔しなければ、神かけて俺はあの女をものにできたはずなんだ！」

「なら、後を追いかけて、試してみろよ」

「やめとくよ」少し考えた後で、コニョフは言った。「あいつは今度は棒か煉瓦みたいなものを手に取るに違いないからな。かまわねえ、いずれものにしてみせる！　邪魔しても無駄なことだぞ。お前、妬いてるな？」

コニョフはまた退屈な自分の成功譚を蒸し返そうとしたが、まるで舌を飲み込んでしまったかのように急に押し黙って、眠ってしまった。

　静かだった。すべてが静止し、不動の大地に身を寄せて眠っていた。私もまた浅い眠りに襲われ、すでに終わりを迎えたこの一日のすべての賜物を思い出していた。それらは伸び、膨れ上がり、しだいに重くなって、まるで私を覆う大平原の土墓か何かのようになった。鐘が不均衡なリズムで、とぎれとぎれに鳴りだし、その銅の響きがしぶしぶのように闇に散っていった。

　――いつのまにか、もう深夜だった。

　屋根の乾いた葦の上や、通りのほこりの中で、重い雨のしずくがまばらに音を立て始めた。爆《は》ぜるようなコオロギの声が耳に届いたが、それは何かを大急ぎで物語っているようだった。私たちの小屋の闇の中でも、押し殺したような、だが激しい感情のこもった、すすり泣くようなささやきが聞こえた。

「あんたね、考えてごらん。仕事なしで歩き回ったり、赤の他人のために働いたりしたって、何にもならないじゃないか」

　昼間に殴られた若者が、聞き取りにくい声で答えた。

「俺は、あんたをよく知らんが……」

「もっと小声で」

「いったい何の用だ」

「何の用もないよ。あたしはただあんたがかわいそうなだけさ。若くて力もあるのに、でたらめな生き方をしている。だからね、あたしと一緒に行こうと言うのさ」

「どこへ？」

「海の方に行こうよ。あそこには良い場所がいくつもある、あたしは知ってるんだ。ここでだって土地は人間に優しいがね、あそこではもっと優しいのさ」

「嘘をつけ。離れてくれ」

「静かにって言ってるでしょ！　あたしは悪くない女だよ、何だって、どんな仕事だってこなせる。あたしとなら、あんたも足元を固めて、静かないい暮らしができるよ。あんたの子供を産んで、養ってあげる。あたしがどんなに子育てに向いているか、すぐわかるよ、胸に触ってごらん……」

若者は大きく鼻を鳴らした。私はきまりが悪くなり、自分が眠ってはいないことを二人に知らせたいとも思ったが、これからどうなるか、好奇心に駆られて、結局口をつぐんだまま、この奇妙でひどく刺激的な会話に耳をそばだてた。

「ちょっと待ってよ」重く喘ぎながら、女がささやいた。「ふざけないで……そういうことをするんじゃなくて……よして……」

荒々しい大声で若者が文句を言った。

「そんなら、そもそも寄って来るな！　自分の方から夜這いに来て、拒むなんて！」

「静かにしてよ、聞かれるでしょう。恥ずかしいじゃないの」

「じゃあ俺に言い寄ったのは恥ずかしいことじゃないとでも言うのか？」

沈黙。若者は腹立たしげにうごめきながら、呼吸を荒くしていた。その間も雨のしずくが、相変わらず気乗りしないような、ものぐさな音を立てていた。その合間を縫うように、女の言葉が流れてくる。

「あたしが男を欲しくなったとでも思っているのかい？　頼りになる、いい人を夫にしたいだけさ」

「俺はあんたのいい人じゃないよ」

「そんなこと……」

「亭主に、ってか！」若者は鼻を鳴らした。「あんたもずいぶん気が早いね。夫！　冗談じゃない」

「あたしはね、あちこちうろつくのに疲れたのさ」

「じゃあ、郷里《くに》に帰りな」

少し黙ってから、女はきわめて静かにこう答えた。

「あたしには家がない、親戚もいない」

「嘘をつけ。離れてくれ」若者がまた言った。

「本当さ！　もしあたしが嘘をついているなら、聖母様に見放されたっていいよ」

この言葉が聞こえたとき、それは涙まじりのように思われた。私は耐えがたいほどに重苦しく不快な気持ちになってきた。立ち上がって、若者を足蹴にして小屋から追い出してやりたい、それから捨て子のようなこの女の手を取って、長いこと、何か心のこもった言葉をかけてやりたいという気がした。

「じゃあ、強情を張るのをやめな」と若者が吼えた。

「いやだね、そんなふうじゃ。あたしは力には屈しないよ」

そして女は突然、驚いたように叫んだ。

「痛い！　何をするのさ、いったい何のつもりさ！」

私は飛び起きて、同じように叫んだ。自分が野獣のようだと感じながら……。

静かになった。誰かが床の上を用心深く這って動き、蝶番《ちょうつがい》一つだけで付いている壊れかけた扉にうっかり触れた。

「俺の方からじゃあねえ」と若者が文句を言った。「あのすれっからしが言い寄ってきたんだ。ここの奴らは皆、ペテン師だ。おちおち寝てもいられねえ」

脇で、腹立たし気なため息が聞こえた。

「お前はバカだよ」

「黙れよ。……あのふしだら女め！」

雨がやみ、窓からむっとした湿気が押し入ってきた。静寂がますます濃さを増して重苦しく胸を圧し、まるで蜘蛛の糸のように顔や目にまとわりついてきた。庭に出てみると、そこは氷が溶けてしまった氷室《ひむろ》のように、温かく濃い湿気に満ちた黒い穴と化していた。

どこか近くで、女の息遣いとすすり泣きがした。私は耳を澄まし、その方に近づいた。女は庭の隅に座り、顔を両手で覆ったまま揺れていたが、まるで私にもたれかかってくるように感じられた。

なぜか怒りを覚えながらも、何を言うべきかわからないままに、私は長いこと女の前に突っ立っていたが、やがて尋ねた。

「あんたは頭がどうかしてるのか?」

「放っておいて」女はしばらくしてから答えた。

「あんたがあの男に言い寄るのを、俺は聞いた」

「そうかい、それがどうした? それがあんたに何の関係がある? あんたが私の兄弟か何かだとでも言うのかい?」

女は、べつに怒っているふうでもなく、なにか夢見るような口調で話した。目が闇に慣れてくると、まるで目のない顔のような、壁のぼんやりした染みが、私たちをじっと見つめているのがわかった。すぐそばで牛の重い息遣いがした。

私は女と並んで腰を下ろした。

「そんなふうにしてると、今に身を滅ぼすぜ」

女は答えなかった。

「お邪魔かい?」

「いいや、全然。座りなよ」手を顔から離し、こっちを覗き込みながら、女は言った。

「あんた、どこから来たんだい?」

「ニジニー・ノヴゴロドからだ」

「そりゃ遠いねえ」

「あんたは、あの若者が気に入ったのか？」

女は少し黙った後で、一言一言選ぶように、こう言った。

「別に。ただ、あんなに健康な若者が自分を見失って、愚か者でいるのを見ると、かわいそうな気がしてさ。いい男にはいい場所にいてもらいたいじゃないか」

教会の鐘が二度鳴った。女は十字を二度切ったが、その間も話はやめなかった。

「若い者が意味もなく駄目になっていくのを見るのがつらくてさ。あいつらが持っている力が惜しいんだ。もしあたしにできることなら、全員引き取って、いい場所に置いてやるんだがねえ」

「自分は惜しくないのか？」

「そりゃわが身だもの、惜しいに決まってるよ」

「じゃあ何だって、あんなまぬけに身を預けようとしたんだ？」

「あたしなら、あいつを立ち直らせることができるからね。無理だと思うかい？　あんたはあたしを知らないんだ」

女は深く吐息をついた。

「さっきは奴に引っぱたかれたのかい？」

「いいや。もしあんたがあいつの邪魔をしさえしなければ……」

「だがあんたは叫んだじゃないか」

女は急に私の肩に身を寄せ、小さな声で打ち明けた。

「胸をね、強くつかまれたのさ。むりやりものにしようとしたんだろうね。だけどあたしは、気持ちもないのに、猫みたいに、そんなふうにはなりたくないし、できないんだ。あんたがた男というのは、なんてばかげて、みっともないんだろう」

会話がとぎれた。小屋の扉のところに誰かが現れ、犬を呼びでもするみたいに、静かに口笛を吹いたのだ。

「あいつだよ」と女がささやいた。

「座を外そうか？」

女はあわてて「必要ない、その必要はないよ」と言うと、私の膝を押さえた。そして突然、打ちひしがれて呻《うめ》きだしたのである。

「ああ神よ、みんなかわいそうです。すべての人生、すべての人間、すべてがかわいそうです、父なる神よ……」

悲しげにすすり泣きながら、女はそうつぶやいた。その肩が震えていた。

「こんな夜中に、これまで見てきたことのすべて、出会ってきた人みんなを思い出すとね、つらくなるんだ。大地いっぱいに叫びたくなるんだけど、何を叫べばいいか、わからないのさ。何一つ言うことがないんだ」

それは私自身にも経験のあることで、よくわかった。私の心もまた、この女の言うような、言葉にならない叫びに圧しつけられていたのである。

「あんたはどういう人間なんだ?」私は女の揺れている頭や、震えている肩をなでてやりながら聞いた。女は落ち着きを取り戻すと、自分の人生を静かに物語った。

女は指物師と養蜂をやっていた夫婦の子供だった。母親が死ぬと、父親は若い女と再婚したが、継母は父親を説得して娘を修道院に入れさせた。彼女はそこで九歳のときから年ごろになるまで過ごし、読み書きや手仕事を覚えた。その後父親は、自分の友だちで、兵役を勤め上げた後、修道院に属する森の管理人をやっていた中年の男に、彼女を嫁がせた。

私は、目の前に小屋の丸くすんだ壁の汚れしか見えず、女の表情がわからないのが腹立たしかったが、きっと彼女は話しながら、目を閉じていたに違いない。女がずっと、やっと聞こえるか聞こえないかのささやき声で話し続けていることが、かえって奇妙な静けさを感じさせた。私たち二人は、生命のない黒い空虚にどっぷりと浸かっているようだった。だから私たちは人生を一から新たに始めなければならないのだ。

「亭主は良くない人で、酔っ払いでね。詰所では毎晩、そういうことが好きな奴らと修道女たちとが遊び呆けていた。亭主はあたしも騒ぎに引き込もうとしたけど、あたしは屈服したくなくてね。でも亭主に殴られたんで、結局は言うことを聞いたのさ。ある人を好きになったのは、その頃だった。あたしが女の喜びを本当に知ったのは、亭主とじゃなくて、その人とだった。でもその人は所帯持ちでね、奥さんがあたしのことを探りだして、挙句にはあたしの亭主が仕事を追われたのさ。その奥さんは金持ちだったし、もちろん亭主を誰かに寝とられたのが業腹だったんだろう。ずいぶん太っていたけど、きれいな人だった。あたしの亭主は、その後まもなく、聖フロルとラウルの祝日[8]に飲みすぎて死んじまった。父親はそれより前にもう死んでいた。継母のところに行ったら、『なんだって私のところに来るの？　よく考えてみなさい』と言われてね。考えてみたら、確かに継母と暮らす理由なんてなかった。それでまた修道院に行ったんだけど、そこの暮らしが自分向きじゃないことがわかったのさ。あたしの師だった修道女のタイシヤ婆様も『タチヤーナ、あなたは世の中に出た方がいい、幸せが見つかるでしょう』と言ってくださった。それであたしは故郷を出て、今もさまよっているというわけさ」

「あんたは幸せを探すのが下手なんだな」

「どうしようもないよ」

暗闇は、重々しい緞帳の布地を無理にぴんと張ったようなさっきまでの堅牢さを失って稀薄になり、視界が透けて開けてきたようだった。それでも闇は地面の起伏や土くれの影など、ところどころで濃い襞となったり、小屋の窓に浸透したりして、そこから黒い不透明な眼でこっちを見ていた。

家々の屋根の上空に鐘楼が浮き上がり、ポプラの木がそびえ立って見えた。小屋の壁にはひびが走り、腫物のようにぼろぼろになった漆喰と相まって、壁をどこか未知の国の地図のように見せていた。

8　宗教的祭日。旧暦で八月十八日（グレゴリオ暦で八月三十一日）。

私は女の黒い瞳に目を向けた。それは悲しげだが乾いた光を放っていて、まるでまだ大人になっていない女の子のようにあどけなく思われた。

「あんたは変わってるな」

「まあ見ての通りだね」女は猫のように細い舌で唇を舐めながら答えた。

「何を望んでいるんだい？」

「それはよくよく考えたよ。自分ではわかっているんだ！　今にごらん、あたしの前にいい男が現れる。そうしたらあたしはそいつと、ノヴィ・アフォンのあたりに土地を見つけるのさ。あそこには場所がいっぱいある、よく知ってるんだ。そしてあたしたちは土地を切り開いていく。果樹園でも菜園でも畑でも、やっていくのに必要なものは何だって作る」

女の語る声は、しだいに強く、確かなものになってきた。

「うまくやっていれば、そのうち他の人々も集まって来るだろう。そうなれば、あたしたちはもう古顔だからね、尊敬されるようになると思うんだ。そんなふうにどんどん人が集まったら、新しい村ができるだろう。いい場所になるよ。そのうち亭主が村長に選ばれる。そうしたらあたしは亭主を、旦那衆みたいにぴかぴかに磨き上げてやる。庭では子供たちが遊んでさ、あずま屋も建てる。そうさ、すてきな暮らしになる!」

女は将来を本当に徹底的に思いめぐらしてきたらしく、その新しい村について、まるでそこに長いこと暮らしてきたかのように、じつに細部まで描き出してみせた。

「いい家がほしいな。ああ神さま、うまく行きますように! でね、そのためにまず第一に何が必要かと言ったら、それは良《い》い人じゃないか」

女の顔は愛らしかった。目にとまるすべてを柔らかな視線で愛撫しながら、薄れていく夜を眺めていた。私は女が哀れだった。ほとんど泣きそうになるくらい哀れだった。涙をごまかすために、私は冗談を言った。

「その男というのは、俺じゃ駄目なのかな」

女は薄笑いを頬に浮かべた。

9　黒海東北部に位置する、現在ロシアとジョージア（グルジア）で係争中のアブハジア共和国内の集落。一八七五年から東方正教会修道院の建設が進められ、九六年に一応の完成を見た。その間、八〇年に修道院付属のワイン醸造所が設置されるなど、修道院を中心とする産業と集落の形成が進んだ。

「いいや、あんたじゃ駄目だ」

「なぜ」

「あんたの考え方は、あたしとは別だ」

「へえ、俺の考え方が、どうしてわかる?」

「目をみりゃわかる。だからね、くどいてもむだだよ、あたしは落とせないからね」

そう冷淡に言って、女は寄せていた体を離した。

私たちは、湿気で黒ずんでいる、節くれだったオークの丸太に座っていた。女はその丸太を、手でぴしゃぴしゃと叩き始めた。

「コサックたちは裕福に暮らしているけど、あたしはなぜか好きになれない」

「何が気に入らない?」

「退屈そうでさ。何でもたくさんあるけど、退屈そうだ」

私は、女への憐憫を抑えきれずに、小声で言った。

「自分も退屈することになるかもしれないぜ。あんただって、探しているものを見つけられないかもしれないじゃないか」

女は否定するように首を振った。

「退屈する暇なんてないんだよ。女の人生にはね、節目があるんだ。赤ん坊がほしいと思うだろう、できたら育てなきゃならない。一人育て上げたら、また一人できる。春も秋も、夏も冬も、あっという間に過ぎていくのさ」

考え込んでいる女の顔を見ているのはうれしかった。私はもちろん女を強く抱きしめたかったが、しかし一刻も早く、人けのない静かな草原に立ち去った方がいいのかもしれなかった。この女の思い出だけを道連れにして、空に食い入っている銀色の壁のような山脈の方、深くひんやりとした顎を平原に大きく開いている黒々とした峡谷の方に向かって、固い道を一人きりで歩いて行く方がいいのかもしれなかった。だがコサックに身分証明書を取り上げられていたから、それはできなかった。

「あんたは何を探しているのさ」私に再びもたれかかっていた女が急に聞いた。

「別に何も探してはいない。人がどうやって生きているのか、ただ見ているだけさ」

「ひとりきりで？」

「ひとりきりで」

「あたしと同じだね。神様、この世にはひとりぼっちの人間が、いったいどれだけいることでしょう！」

牛たちが目を覚まして、静かに鳴きだしたが、その声は、どこか遠いところで盲目の老人が吹いているバグパイプが聞こえてくるかのようだった。まだ眠そうな鐘楼守が、覚束ない手つきで鐘を四度打った――最初の二回はそっと、次の一回は怒ってでもいるみたいに銅がきしむほど強く、そして最後にもう一度、まだ余韻を残している銅の鐘に鉄の舌が触れるか触れないかのほどに。

「それで、人々はどんなふうに生きているのさ」

「良くないね」

「そうだろう。あたしもいろいろ見てきたけど、そうだね、良くないね」

私たちは長いこと黙っていた。それから女が小さな声で言った。

「明るくなってきたね。あたしはまた寝つけなかった。よくあることだけどね。何でもかんでも考え込んでしまうのさ、そういう性質《たち》なんだね。まるでこの地上にいるのがあたしだけで、すべてを最初から、ひとりで新たに作り上げなきゃならないような気になってしまうのさ」

「人々はぶざまに生きているよ――不和や卑小さのなかで、貧困や愚劣なことに数えきれないほどに侮蔑されながら」そして私は熱くなり、我を忘れて、自分がこれまでに目にしてきた暗く恥ずかしく苦しいことのあるたけを語った。

「人間に善意を持って接しよう、友情のために自分の自由と力を捧げようとしても、相手はそのことを理解してくれない。でも非難なんてできないんだ。これまでそいつに善意を示した者がただのひとりもいなかったんだから」

女は私の肩に手を乗せ、美しい口を少し開けて、こちらの目をまっすぐ見ていた。

「本当だ」と言う女の声を私は耳にした。「人間はいとおしいもので、善に値段なんてつけられないんだけどね」

私たちは固く身を寄せ合ったまま、まるで漂っているかのようだった。白い家々や銀メッキしたような木々、赤い教会や露にたっぷり濡れた大地など、夜の闇から解き放たれた様々なものがしだいに輝きながら、こちらに向かって流れてくるように思えた。

陽がのぼってくる。頭上には、まるで幾千羽もの白い鳥のように透明な雲の群れが流れている。

「ああ、ひとりで歩き回ったら、どんなことを考えるんだろうね。ねえ、あんたはとてもいい人だ。あんたが言っているのは全部、本当のことだ。誰ひとり何一つ、かわいそうに思ってやしない。まったくその通りさ」

女は急に立ち上がり、私にも立つよう促すと、強く抱きついてきた。私は思わず引き離そうとしたが、女は泣きながらしがみついてきて、乾いた、まるでとがっているみたいな唇を押しつけてきたのである。その感触は私の心に食い入った。

「うん、これであんたは私の良《い》い人だよ」と、女はすすり泣きながらささやいた。私は女がかわいそうでたまらなくなった。

女は私から離れ、庭の方向に目をやると、すばやくその隅に行った。そこには私が名も知らぬ草が、網の目のようにびっしりと生い茂っていた。

「こっちへ来て。来てったら」

――しばらく後、女は、小さな洞窟のようになっている雑草の上に身を起こし、決まり悪そうにほほえみ、髪を直しながら、そっとささやいた。

「こういうことになってしまったね。まあいい、神様はきっと許してくださる」

まるで夢の中にいるように感じ、驚きながら、私は感謝をこめて女を見ていた。とても軽やかな気持ちだった。胸の中に輝く空虚がぽっかりと空き、その中で、しっかりとは捉えられないが喜ばしい思惟や言葉が、空を飛ぶ燕のように行き交っていた。

「大きな哀しみの中にいるとね、ちょっとした喜びでもでっかいものになるんだよ」

女の言う声が聞こえた。

露に濡れた大地のように、汗に濡れた女の胸が日の光を浴びて赤らんでいるのが見えた。肌から血が滲み出しているようだった。うれしい気持ちはたちどころに溶け、涙が滲むほど気が塞《ふさ》ぎ、哀れになった。私はなぜか、この胸が二度と母乳を湛えることがないとわかっていたのである。

女は謝るような口調で、少し悲しそうにつぶやいた。

「どうしようもない、前にもよくあったんだ。心に何かが押し寄せてきて、胸が痛くなる。そんなときは、お月さまの前でのように、暑い昼に目の前に川があるように、全部を解き放ってしまいたくなる。どうしてもそうなるんだ！　もちろん、その後は恥ずかしいけどね。見ないでよ、何だって、赤ん坊みたいに、こっちをじろじろ見ているのさ」

だが私は女から目をそらすことができなかった。この女は入り組んだ行路で道に迷うだろうと思えてならなかった。

「生まれたばっかりの赤ちゃんみたいな顔をしてさ」

「馬鹿みたいか？」

「ふふ、ちょっと馬鹿みたいだね」

上着の留金をはめると、女は言った。

「もうすぐ、お祈りの時を知らせる鐘が鳴るだろう。そしたらあたしは行くよ、聖母さまにお祈りしなくちゃならないからね。あんたは今日、行くのかい？」

「身分証を返してもらったら、すぐに」

「どこへ向かう？」

「アラギル[10]だ。あんたは？」

女は立ち上がり、スカートの乱れを直した。腿や肩ががっちりとして、均整のとれた堂々とした体つきだった。

「私かい？　まだわからないや。ナリチク[11]に行かなきゃならないんだけど、ひょっとしたら行かないかもしれない。わからないよ」そして私の方に、しなやかで丈夫そうな両腕をさし出し、頬を赤くして言った。「ねえ、お別れに、もう一度キスしましょう」

そして片方の手で私を抱きしめ、もう片方の手で十字を切りながら「さようなら！

すべての良き言葉と行いに報いて、救い主があんたをお守りくださいますように」とつぶやいた。

「一緒に行かないか?」

女は、私の抱擁からすばやく離れて、厳しく断固とした口調で答えた。

「それはあたしにとって良くない。一緒には行けない。もしあんたが百姓だったらね。でも考えても仕方ないのさ。人の将来なんて一時間じゃ測れない、何年もかけなくちゃ、わからない」

そして別れにもう一度静かにほほえむと、小屋の方へ行ってしまった。私は丸太に腰を下ろし、しばらく物思いにふけった。あの女は今後、何を見るだろう。私はいつかまた会えるだろうか?

コサックの村はだいぶ前からもう目覚めていて、陽気とはいえない謹厳なざわめき

10 現在のロシア連邦内北オセチア共和国に位置する集落。十九世紀末にはテレク州（177頁注5を参照）に属していた。
11 現在ロシア連邦内カバルダ・バルカル共和国の首都。カフカース山脈の北麓に位置し、エリブルス山に向かう玄関口に当たる。

に満ちていた。朝の礼拝を告げる鐘が鳴り始めた。

背嚢を取りに行ってみると、小屋にはもう誰もいなかった。皆、壊れた窓から、通りに直接出て行ったに違いない。

司令部のある建物に寄り、身分証明書を返してもらうと、誰か道連れになる者はいないかと、広場に行ってみた。

教会の柵のあたりには、昨日と同じように、ロシアから来た者たちが思い思いに横になっていた。その中に、ペンザ出身の丸顔の男も、背中を丸太にもたせかけて座っていた。昨日殴られたその顔は、さらに膨れて歪んでいた。紫色に腫れ上がった頰のために、目がすっかりつぶれていた。

新顔も――ごま塩頭に色あせたビロードの丸帽をかぶっている、しなびてかさかさの肌にとがったあごひげを生やしている老人もいた。顔がひどく小さかったが、でこぼこの赤い鷲鼻が凶暴な印象を醸し出していた。怒ったような狡猾な目つきをしていた。

オリョールから来た赤毛の男と、落ち着きのない若者が、この老人にしつこくつきまとっていた。

「あんたは、何だってうろついているんだ」

「お前はどうなんだ」老人は、煤だらけの鉄瓶の折れた取手を縄でしばりながら、かん高い声で聞き返した。誰の顔も見ようとはしなかった。

「俺たちは仕事を探して歩き回っている」

「俺たちは命じられたままに生きているのさ」

「命じられたって、誰に？」

「神さまにさ！　忘れたのか」

老人の口調は冷たく明瞭だった。

「お前たちがいたずらに大地をうろつきながら立てていると思っている土ぼこりは、本当は神さまがお前たちに浴びせかけているんだ」

「ちょっと待てよ」耳の大きな若者が叫んだ。「そりゃあ変だぜ。キリストだって、使徒たちと一緒に大地をうろつき回ったんじゃなかったのかい」

「キリストはそれで良かったんだ」顔を上げ、相手に鋭い視線を向けながら、老人は意味ありげに言った。「バカどもが、何を言っているんだ。自分をどなたと同列に考えているんだ。コサックを呼ぶぞ」

こうした言い争いを、私はもう幾度となく耳にしてきたが、それは魂についての会話と同じほど不愉快なものだった。

もうこの地を立ち去る潮時だった。

ぼさぼさの髪の毛で汗まみれのコニョフが現れ、不安そうにまばたきしながら聞いてきた。

「ターニャ[12]を、あのリャザン出の女を見なかったか？　見てない、そうか。ひょっとしたら、いやそうに違いない、夜のうちに出て行ったんだな。あいつは昨日、俺に何かを煎じたものを飲ませたに違いない。俺は一晩中、冬眠中の熊のように、ぐっすり眠っていた。あいつは、きっとあのペンザの野郎と……」

「奴はそこにいるよ」私は指さした。

「おお、こりゃひでえ腫れ方だ。顔じゅう、ずいぶん彩られたもんじゃないか。実際、たいした画家たちだぜ」

そしてコニョフはまた心配そうにきょろきょろし始めた。

「じゃあ、女たちはいったいどこへ行ったんだろう」

「きっと礼拝だよ」

「それだ、きっとそうだ！　なあ兄弟、俺はあの女になんだかひどく掻き立てられるんだよ」

だが礼拝が終わり、鐘が陽気に鳴らされるなかを、着飾ったコサックたちが教会から三々五々出てきて、陽光に輝く小川のように村中に溢れかえった後になっても、タチヤーナの姿は見当たらなかった。

「行っちまったな」コニョフは悲しげにうめいた。「だが俺は絶対にあの女を見つけ出してやる。追いついてみせる」

私にはそうなるとは思えなかったし、そうならないでほしいと願わずにはいられなかった。

それから五年ほど後、私はチフリス[13]のメテヒ城塞[14]の中庭を歩きながら、いったい自分は何の罪でこの牢獄にぶち込まれたのだろうという、答のない疑問を解こうとして

12　タチヤーナの愛称形。

13　現在のジョージア（グルジア）共和国の首都トビリシのこと。

いた。

外から見ると、美しさと威厳を絵のように兼ね備えているこの城塞の内部は、陽気な、あるいは辛辣なユーモリストたちで満ちあふれていた。まるで、この牢獄にいるすべての者が、「お上の許しを得て」、子どものように熱心に素人演劇の興行をぶっているみたいだった。もっとも、一時拘留者とか看守とか憲兵といったやつらは、自分たちの役回りをよく心得ていないので、例外なく大根だった。

たとえば今日、歩行運動に連れ出すために、担当の看守と憲兵が独房にやって来たとき、私は彼らにこう言った。

「運動に出ないわけにはいかないのかい？　調子が悪くて、出たくないんだ」

すると大柄で、亜麻色の髭を生やした美丈夫の憲兵が、厳しく指を一本立て、「お前は何かを望むことを禁じられている」と言った。煙突掃除人みたいに真っ黒な看守もまた、大きくて青味を帯びた目をむき、あごが外れたような発音で「ここでは誰もが望むことを禁じられている。わかったか」と、憲兵の言葉を裏書きしたのである。

そうしたわけで私は今、こうして中庭を歩き回っているのだった。

石畳の中庭は、暖炉の中のように暑かった。頭上にはほこりっぽい空が、のっぺりとくすんだ正方形となって架かっている。庭の三方は高く灰色の壁にさえぎられ、残りの一方には、おそろしい外観に建て増しされた門がそびえ立っていた。

赤いクラ河が荒れ狂い、とどろく水音が、門や壁を越えて、上方からたえまなく流れ込んでくる。商売人たちがこの街でもっともアジア的な場所であるアヴラバル市場で叫ぶ声も聞こえる。そしてこうした音すべてを切り裂いて、ズルナー[15]の音色が響いている。どこかで鳩がくうくう鳴いている。私は無数のばちで叩かれている太鼓の内側にいるような気がした。

二階と三階に一列ずつ連なって開いている窓の中から、鉄格子を通して、現地の者たちの浅黒い顔や、縮れ毛の頭がのぞいていた。そのうちの一人が中庭に向けて唾をはいていた。そいつはあきらかに私に唾をはきかけようとしていたのだが、うまくいかず、ただ体力を消耗するばかりだった。

14　チフリス（現トビリシ）を流れるクラ河左岸に古くから建設されていた要塞。しばしばこの地域の支配者が居住した。十九世紀初めに、この場所に監獄が建設され、専制下で多くの政治犯が収監された。

15　カフカース地域に普及していた管楽器。

別の者が苛々と、非難するように叫んだ。

「何を聞き耳立てているんだ！　なぜそんなふうに鶏みたいに歩いている？　ちゃんと頭を上げて歩け！」

窓の向こうでは奇妙な歌が歌われていた。すべてが、子猫が長いことじゃれていた毛糸玉のように入り組んでいた。歌声はものうげに長く延び、震えたかと思うと、急に広がって、戦っているかのような高揚した調子を帯びたが、その旋律は埃っぽい、ぼんやりした空の方へ流れていった。それから急にぷつんと断ち切れて、恐怖に打ち負かされた獣のように静かにうなりながら、どこかへと消えて行った。そしてこれでもう終わりかと思いきや、歌はまた再び、格子の奥から暑熱の自由な空間へと蛇のようにうねってくるのだった。

遠くかすかに聞き覚えのあるこの歌、その響きによって心にしっくりくる、琴線に触れる何かを語りかけてくるこの歌に耳を傾け、獄舎の窓の方を眺めながら、私は獄舎の日陰になっている場所を歩きまわっていた。すると鉄格子のはまった正方形の枠に、もじゃもじゃの黒いあごひげに覆われた、何か哀しげで驚いたような顔と青い目とが貼りついているのが見えたのである。

「コニョフか?」私は思わず声に出して言った。

彼は、私には思い出深いその目を細めて、こっちをじっと見つめた。

あたりを見回してみると、私の担当看守は、獄舎の入口に続いているテラスの日陰に座って、うとうとしていた。他の二人の看守はチェスに興じ、残りの一人は、二人の刑事犯が水を汲むポンプの動きに合わせて「えいこら、ほいこら、えいこら、ほいこら」と声を掛けあっているのを、薄笑いを浮かべて眺めていた。

私は獄舎の壁に近づいた。

「コニョフ、あんたか?」

「お前が誰か、わからんが」と、鉄格子の間に顔を突き出しながら、コニョフは言った。「だが、その通りだ。俺はコニョフだ」

「何でぶち込まれたんだ?」

「贋金つくりの罪だ。だが、これは要するに、まったくのたまたまでな。俺は全然、何も悪いことはしてないのさ」

看守が目を覚まし、鍵をまるで足枷か何かのようにがちゃがちゃ言わせながら、眠そうに警告した。

「立ち止まるな。先へ行け。壁の近くにいてはいかん」

「だけど庭の真ん中は暑いじゃないか」

「どこだって暑い」と看守はまたうつむきながら、もっともなことを言った。上から、コニョフの静かな声が降ってきた。

「お前は誰だ？」

「リャザン出のタチヤーナを覚えているか？」

「そりゃあな！」腹を立てたように、コニョフは小さく叫んだ。「覚えていないわけがない！　いっしょに裁判にかけられたんだから」

「タチヤーナも？　贋金の件で？」

「もちろんだ。ただし、あいつもたまたまだったんだ。俺とまったく同じように」

私は壁伝いを日が当たらないように歩いていったが、蒸し暑さという点ではどこも同じだった。半地下の部屋の窓からは、何かの腐った食物の皮やすっぱいパンの匂いが流れてきた。湿気が漂っていた。タチヤーナの言葉が思い出された。

「大きな哀しみの中にいるとね、ちょっとした喜びでもでっかいものになるんだよ」

彼女は地上に新しい村を建てたかったのだ。生活を新しく、すばらしいものにしたかったのだ。

私はタチヤーナの顔や、人を信じやすく、いつも何か渇望を抱えている胸を思い出した。だが頭上からは、静かで灰のようにくすんだ言葉が、矢継ぎ早に降って来るのだった。

「このもくろみの中心は、タチヤーナの恋人だった神父の息子さ。贋金作りは堂に入ったもんだったが、奴も十年食らったよ」

「タチヤーナは？」

「俺と同じ六年だ。俺はあさってシベリアに出発するよ。ばっさり断罪されたというわけだ。裁判がクタイシ[16]でだったもんでな。わがロシアの裁判なら、刑罰ももっと軽かったかもしれんが。ここの人間は荒っぽくて良くない。悪党どもめ！」

「タチヤーナに子供はいたのかい？」

「あんなふしだらな暮らしをしていて、子供も何もあるものか。神父の息子は肺病持ちだったしな」

16　現ジョージア（グルジア）内陸部の街。

「かわいそうに」

「そうさ！」コニョフは活気づいて、しかし低く言った。「あの女はもちろんバカだったが、だけど、すばらしい奴だった。要するに、めったにない女よ。あんなに他人に憐れみをかけてよ」

「あんたはあのとき、タチヤーナに追いついたのかい？」

「あのときって、いつのことだ？」

「聖母昇天祭の後さ」

「俺があいつに追いついたのは冬近くで、もう聖母庇護祭[17]を過ぎてからだった。バトゥーミ[18]近くの年取った将校のところで、子どもたちの世話をしていた。その将校は何でも女房に逃げられたとかいう話だった」

背後でかちりとピストルの引き金のような音がした。が、それは看守が大きな銀時計の蓋を開けたのだった。看守は時計をしまうと、大きく伸びをし、口を目いっぱい開けてあくびをした。

「あいつはな、兄弟、その将校といるかぎり、金に不自由はしなかったんだ。結構な暮らしができたはずだ、あの身持ちの悪ささえなければな。しかもその身持ちの悪さが全部、憐れみからときている」

看守が言った。「おい、運動の時間は終わりだ」

「お前は誰だったかなあ？　顔は覚えているんだが、どこで会ったんだか……」

私は獄房へ戻りかけたが、いま耳にしたことに気持ちが収まらなかったので、入口のところで叫びかけた。

「友よ、あばよ！　タチヤーナによろしく伝えてくれ！」

「何を喚《わめ》いているんだ」看守が腹を立てた。

女獄舎の廊下は薄暗く、用便桶の臭いが充満していた。看守の振り回す鍵が乾いた音を立てた。私は心の悲哀をかき消すために看守をからかってみたが、何にもならず、激怒した看守に独房に押し込められ、「十年でも座ってろ！」と言われただけだった。

私は窓際に腰を下ろした。壁の灰色の格子の向こうに、クラ河の奔流や、河岸に貼りついている小屋や家や、皮なめし工場の屋根の上の労働者の姿などが見えた。窓の

17　正教の固定祭日。旧暦で十月一日（グレゴリオ暦で十月十四日）。

18　現ジョージア（グルジア）南部アジャリア自治共和国に位置する黒海沿岸の港湾都市。

下を、軍帽を斜にかぶった歩哨が行き来していた。

私の記憶の中からは、意味も実りもなく破滅したロシアの人間が、陰鬱な姿で何十人も甦って来る。そうすると心は、一生消えることなくつきまとうであろう大きな悲しみに締めつけられ、痛むのである。

解説

中村唯史

1　ゴーリキーという人物について

一九一四年にサンクト・ペテルブルグ近郊のムスタミャキで撮影された写真が残っている。本書の著書マクシム・ゴーリキー（一八六八—一九三六）が大歌手シャリャーピンを竹箒の先でくすぐろうとしている写真である。こそばゆくなる予感に堪えかねて、シャリャーピンが大口を開けて絶叫している。その横で丸刈りの少年がげらげら笑っている。写真の裏書には「シャリャーピンを歌わせようとするゴーリキー」——もちろんこれは、たがいに十代のときから知己だったゴーリキーとシャリャーピンが、ふざけてポーズを取ったのだ。四十歳を超えた大の男ふたり、しかも世界的な作家と歌手が、わざわざこういう写真を撮ったときの雰囲気を想像してみると楽しい。

ゴーリキーには、一九一〇年代から二〇年代にかけて、この種の写真が少なくない。友人たちと一緒に念入りに仮装したものまで残っているが、それらの中の彼は、生き生きとナンセンスに没頭している。実際、生前に接した人たちが回想等で伝えているゴーリキーは話好きで、よく泣き、よく笑う、感傷的で開放的な人柄である。

ゴーリキーは、十九世紀末から二十世紀前半にかけて一世を風靡したベストセラー作家であり、当時のロシア文壇・論壇の中心人物でもあった。世界的にも、日本を含めて、広く読まれていた。たとえば一八九八年に刊行された最初の作品集『記録と短篇』は、短期間のうちに版を重ねている。彼はまた「ズナーニエ」「同時代人」「年代記」「新生活」等の編集長や主幹を務めたジャーナリストでもあり、その交友関係はトルストイやチェーホフといった文豪、アンドレーエフやブーニン、クプリーンなど同世代のリアリズム作家はもちろんのこと、象徴派のベールイ、未来派のマヤコフスキーなど次世代の詩人たち、レーピンやヴェレサーエフといった画家たち、大歌手シャリャーピン、そしてレーニン、ボグダーノフ、ルナチャルスキーなどの革命家まで、じつに多岐にわたっていた。言ってみれば、当時のロシアの多様な思潮の結節点のような存在だったのである。

年譜にもあるように、ゴーリキーは早くから働き、自活しなければならなかったのだが、十代後半から反体制活動家と接触し、ナロードニキやマルクス主義などの社会主義的な文献も読んでいた。活動家を匿ったり、自分自身も革命運動の宣伝に従事したりして、作家デビューの前と後とを問わず、何度か官憲によって逮捕されてもいる。ロシア第一次革命退潮後の一九〇七年には、長篇『母』を数か国語で発表し、世界的に大きな影響を与えている。労働運動に従事する息子とその仲間に触発されて革命の必然性にめざめ、自身も運動に参加していく母親を描いたこの長篇は、その後のプロレタリア文学のいわば原型となった。社会主義革命後のソ連体制下では、公式の美的規範となる「社会主義リアリズム」を提唱したり、設立されたソ連作家同盟の初代議長として三四年の第一回大会において基調演説をおこなったりもしている。「プロレタリア文学の父」「社会主義リアリズムの創始者」などと呼ばれるゆえんである。

もっとも、実際には、ゴーリキーと社会主義、ソ連体制との関係は微妙なものだった。たとえば、プロレタリア文学の原型となった長篇『母』の主人公母子の描写には、あきらかにキリスト教の聖母子のイメージが重ね合わされている。カプリ島滞在中の一九〇八年には、ボグダーノフやルナチャルスキーといったボリシェヴィキ系の文筆家とともに、社会主義と宗教の結合をめざした「建神論」を提唱し、レーニンに糾弾されている。

一九一七年の社会主義革命前後には、武力を用いて反対派を弾圧するボリシェヴィキの政策を批判する論陣を張り、レーニンから国外退去を勧告されて、二一年から三三年の最終的な帰国まで西欧に拠点を移している。ソ連体制への協力に転じた二八年以降も、三六年に亡くなるまで、彼に可能な枠内ではあったが、体制に順応できない知識人の擁護に力を尽くした。

だが、本人の意思がどうであったにせよ、ゴーリキーがソ連の文化政策の確立に関与したことは事実であり、そのことはソヴィエト体制下での彼の神格化を、そして体制崩壊後には権威の失墜を招いた。たとえば彼の故郷ニジニー・ノヴゴロド市と首都モスクワの目抜き通りだったトヴェリ通りは、一九三二年から、それぞれ「ゴーリキー」の名を冠していたが、ペレストロイカが行き詰まり、社会主義への幻想が崩れた九〇年に旧に復している。

2 ゴーリキーの文学について

ゴーリキーへの関心は、ソ連体制の崩壊直後には低下したが、現在のロシアでは回復しつつあるようにも思われる。邦訳もあるドミートリー・ブイコフの『ゴーリキーは存在したのか？』（斎藤徹訳、作品社）や、パーヴェル・バシンスキーの『ゴーリキー』などの評伝が刊行されたことは、そうした傾向の現れと見て良いだろう。研究書、論文集も定期的に刊行されている。

ただし、それらの多くは、彼の伝記的事実に注目したものだ。既に述べたように、ゴーリキーは当時の諸思潮の結節点に立っていたし、ボリシェヴィキやソ連体制との関係についても、まだ不明な点が少なくない。帝政末期から、革命を経て、ソ連体制確立期にかけて、きわめて複雑な軌跡を描いたこの人物の伝記に関心が集まるのは、当然のことかもしれない。

だが、いかなる状況であれ、けっして創作から離れることのなかったゴーリキーは、何よりもまず作家だったのである。そろそろ、二十世紀を通して彼に付随してきた政治的・歴史的なオーラやレッテルをいったん取り払い、作品そのものに向き合ってみても良いのではないか。

ゴーリキーの小説は、大きく次の三つに分かれている。

①自伝的作品群。ゴーリキーは早くに父母を失い、母方の祖父母に養育されたが、祖父の染物業の破産後、自活するように言われたため、十一歳からさまざまな職業を転々とし、ヴォルガ河流域やロシア帝国の南部を放浪している。この放浪生活は、作家としてデビューする前年の一八九一年、二十三歳まで断続的に続いたが、この時期の経験や見聞に基づいて書かれたのが、一八九八年―一九〇〇年刊行の作品集『記録と短篇』に収録された初期諸短篇である。ゴーリキーは、二十世紀に入って傾向的な作品を書いた後、一九一二年以降は、連作短篇集『ルーシを巡りて』、『幼年時代』『人々の中で』『私の大学』三部作など、ふたたび自伝的な作品に復帰している。近代ロシア文学には自伝小説の伝統が強いが、ゴーリキーもまたその系譜に属する作家だったのである。

②思想的作品群。後のプロレタリア文学の原型となった『母』や、建神論に傾倒していた時期に書かれた『懺悔』などの長篇、変革を呼びかけた散文詩『海つばめの

歌』他がこれに当たる。ロシア帝政末期の閉塞感と、変革への期待のなかで、これらの作品群が人々に深い感銘を与えたことを疑う理由はない。だが、現代の読者がこれらを読んだ時、その多くが感じるのは、作品が特定の思想の絵解きとなっているということだろう。多様で雑多な要素が入り込んでくる長篇小説のジャンルではそれほど目立たないが、主題につながらない要素がそぎ落とされている散文詩的な作品では、特にそのことが顕著に感じられる。

③主に新興の商人階層の一族の転変を時代の推移のなかに描いた長篇群。ゴーリキーはこの主題にすでに革命前から取り組んでいるが(『フォマ・ゴルデーエフ』など)、代表的なものはソ連期になってから書かれた大作『アルターモフ家の事業』『クリム・サムギンの生涯』などである。主題としては、戯曲『エゴール・ブルイチョフとその他の人々』なども、これに近い。ソ連の公的な美的規範「社会主義リアリズム」に最も近接しているのは、これら後期の諸作品だろう。

ただし、ゴーリキーは、今後に来たるべき現実を社会主義の理念に従って描くという「社会主義リアリズム」を提唱する側だったにもかかわらず、自分ではソ連期を舞台にした文学作品をほとんど書いていない。彼の作品の背景となっている時代は、主にロシア帝政末期から十月革命前後までだ。ゴーリキーが社会主義建設を文学作品に描くことはなかったのである。

このようにゴーリキーの作品の全体を視野に入れるなら、彼にしばしば冠せられる「プロレタリア文学の開拓者」といった形容も、必ずしも適切ではないことがわかる。「思想的な作品群」に分類した『母』がその後のプロレタリア文学の範例となったことは確かだが、彼の作中人物の大多数は、「自伝的作品群」に登場するような、農村で食い詰め、職を求めてさまよう流浪者たちか、③の長篇群に描かれている、ゴーリキー自身もその出身である商人階層である。少なくとも作家としての彼は、プロレタリア文学者というより、むしろルンペン・プロレタリアートとブルジョアジーの描き手だった。

なお、ゴーリキーの文学としては、小説の他に、戯曲と回想が重要である。木賃宿に暮らす零落者の群像劇『どん底』や、家名を守るために人命をも犠牲にする商人階層の冷厳な掟を描いた『ヴァッサ・ジェレズノヴァ』などの戯曲は、発表当時に大きな反響を呼び、現在でもロシア各地の劇場のレパートリーに含まれている。長篇小説では構成の緩さが指摘されることもあるゴーリキーだが、戯曲では、『どん底』第二幕がチェーホフに激賞されるなど、セリフとセリフが絶妙な均衡を保っている。概して想像力と構成力が弱いと言われる一方で、観察と洞察に優れていたゴーリキーは、回想の名手でもあった。とりわけトルストイの生前に主要部分が書かれ、一九一九年に発表された『トルストイについて』は、晩年には博愛の聖者のイメージが強かったこの大作家を、「すべての肯定に対する否定」、「無限にして救われがたい絶望や、おそらく彼以外には何人もかつて経験したことのない、おそろしくはっきりした孤独の土地から生まれ出た、もっとも険悪な虚無主義」と喝破した、数あるトルストイ論の中でも白眉の文章である。

3 本書収録の作品について

二十世紀に入ってからのゴーリキーの人気は多分に社会主義やソ連体制への評価と結びついてきた面があるが、この作家が世界的に知られるようになったのは、政治的な立場を鮮明にする以前に発表された初期自伝的作品群によってである。今日なお評価の高い代表作も、その多くは自伝的作品、戯曲、回想のジャンルに属している。

本書は、初期と中期の自伝的短篇から四篇を選んで収録している。いずれもゴーリキーの若き日の放浪期の体験や見聞がもとになっており、作中の出来事が起きた年と場所についても彼の具体的な証言が残っている。

ゴーリキーの放浪時代は一八七九年から九一年に及んでいるが、この時期のロシアでは、一八六一年の農奴解放令に端を発して、それまでの社会秩序が大きく揺らいでいた。この農奴解放令は、ほぼ同時期に発布された米国の奴隷解放宣言と同じく、農地に束縛されている労働力を都市部に移動させ、産業の工業化、社会の資本主義化を促進することを目的としていた。もっとも、ロシアの場合は、地主貴族層との妥協の結果として、①農奴の人格権や職業選択の自由を保証する一方で、実際に土地を所有するには高額の買戻金を払う必要があったこと、②農村共同体の権限が強化され、理念的には自由になったはずの農民がかえって共同体による規制を受けたことなど、工業化・資本主義化の起爆剤となるには不十分なものだった。

それでも農奴解放令以降、西欧ほどではないにせよ、市場経済の都市部での発展と農村部への浸透が進捗したのだが、一面ではそれは農村の自給自足的な経済の動揺を意味していた。また、あまりに高額な土地への支払いのため、多くの農民が出稼ぎ者となって都市と農村を往復したり、職を求めて各地を転々としたりするようになった。本書収録作品の主要な登場人物は、多くがそのような流浪者である。

ゴーリキーが十九世紀末に一世を風靡したのは、彼自身が社会の底辺での生活を体験し、そこに生きる人々の思考や感情や言葉を直接的に文学化した、ほとんど最初の作家だったからだ。ただし、彼の自伝的作品群を読むうえで、留意したいことが二つある。

その第一は、彼がもともとは貧民出身ではないことだ。幼年時代には母方の商人階層の家庭で養育され、祖父から読み書きも習っている。農奴解放令後しだいに地方都市ニジニー・ノヴゴロドにも浸透してきた市場原理に対応できずに祖父が破産するまでに、ゴーリキーは商人階層なりの知識を身に付けていたのである。その知識のおかげで、後に世の中に出て職業と住居を転々とする苛酷な日々の中でも、書物を読み、文学や思想を内化しえたことは、ゴーリキーという作家の誕生にとって決定的だった。

留意すべきもう一つは、ゴーリキーが、流浪者の中にあって、自覚的な観察者だったことである。特に一八九一年の放浪の際には、すでに作家コロレンコの知己も得て、確固として文学を志向していた。そのような観察者としての姿勢は、本書収録の諸篇の中では、とくに『女』の語り手にはっきりと表れている。ゴーリキーの自伝的短篇群の特徴は、作者自身の分身である語り手の成長よりも、むしろ語り手が出会った零落者たち——農村からの出稼ぎ者や、商品経済化に対応しきれなかった商人や職人たち——にこそ注意が向けられていることだ。一九一〇年代から二〇年代にかけての、自分自身の放浪時代に取材した自伝三部作（『幼年時代』『人々の中で』『私の大学』）においてさえ、語り手である「私」以上に、彼が出会った人々の方が躍動している。

本書の作品は発表順ではなく、描かれているできごとの起きた順に収録されている。

「二十六人の男と一人の女——ポエム——」

一八九九年発表。ゴーリキーが一八八五年から翌年にかけて、カザン市のパン屋で働いていたときの印象に基づいているという。半地下の部屋で朝から晩まで働かされているパン職人たちの、小間使いの娘に対する一方的な思慕とその終わりを抒情的に描いた佳篇である。蔑まれ、虐げられている者たちが主人公だが、なにか童話めいた雰囲気で、読後感はわびしいけれど、必ずしも陰鬱ではない。『短篇小説講義』（岩波新書）で作家の筒井康隆が指摘しているように、語り手であり、主人公でもあるパン職人たちが、あたかも一つの人格として（「俺たち」という一人称複数で）描かれているためだろうか。

試みに「ポエム」と訳してみた副題のロシア語は「poema」である。「俺たち」が頻出して、多少読みづらい訳文となっているかもしれないが、ロシア語の原文も、写実的というより、リズミカルで反復の多い、詩的な文体で書かれている。

この短篇で特に印象深いのは、空間の構成だろう。職人たちの崇敬の対象であるターニャは、三階建ての大きな石造りの家の二階にある金糸の刺繍場から、半地下の部屋に下りてくる。半地下の部屋には、窓に金網が張られ、それに穀粉がこびりついているから、陽が射すことはない。そんな部屋で終日働かされている職人たちは、建物が「自分たちの肩の上にのしかかっているようで、生きていることが重」いと感じている。

舞台となっている建物の垂直構造が、そのまま社会ヒエラルキーの比喩ともなっているのだ。「太陽」やその光は、最下層であえぐ者たちにとって、建物の――抑圧的な社会構造の外から射してくるべき希望の象徴である。毎朝、半地下の部屋に下りてくるターニャが、「俺たち」にとって「太陽の代わり」と形容され、崇敬されているのも、そのためだ。

導入部の、職人たちの合唱がロシアの平原をどこまでも歩いていくイメージへとつながる描写も印象的だ。民衆の歌声が広大なロシアの自然の風景になぞらえられる叙述は、たとえばツルゲーネフ『猟人日記』（一八四七―五二）中の一篇『歌うたい』などにも見られる近代ロシア文学の一つの型だが、それが建物の重苦しい半地下の部屋から発せられる点に、ゴーリキーの編み出した象徴性が認められる。おそらくは食い詰めて農村から出てきた職人たちの見果てぬ夢は、社会の底辺から脱して商品経済のヒエラルキーをのし上がることよりも、もう一度母なる自然のもとに戻り、その懐に抱かれることなのである。

もちろん、その夢が容易に実現されるはずもない。「歌は壁石にぶち当たり、うなり、泣く」。だが「歌には、この部屋は狭すぎる」。「歌は波のように沸き立ち、しだいに力強く、大きくなっていく」。いつかは「俺たちの石の牢獄の湿った重い壁を押し開く」かもしれないのである。

「グービン」

一九一二年発表。同時期の自伝的短篇と併せて、後に連作『ルーシを巡りて』の一篇とされた。トルストイ主義に傾倒したり、革命家を匿って逮捕されたりと振幅の激しかった一八八九年に、オカ河畔の街ムーロムに滞在した際の印象に基づいているとのゴーリキーの証言が残っている。

主人公のグービンは、もともとは富裕層の出身である。彼がやや性急に「私」に聞かせる昔語りから、若くして死んだ父親の遺志を継いで、地方自治組織の議員として進歩的な政策を主張したが孤立し、やがて女にだまされて全財産を奪われ、没落した半生が浮かび上がってくる。

愛欲は本作の重要な主題で、ナデージダの不倫や淫蕩の噂などを通して、街の覇権を握るビルキン家の頽廃が示されている。だが、これに対して法と正義を主張するグービンを、肯定的な人物像と見ることも難しい。かつての愛人で、今ではビルキン家の主人である女に精神的に隷属しているし、しきりにひとを批判はするけれども、なんら建設的な展望を持っているわけではない。

本作は、ストーリーに即して言えば、頽廃したビルキン家が覇権を維持したままで終わっているのだが、それでも希望と抒情が感じられるとすれば、それは語り手が抱く、日常を超えた領域へのヴィジョンによるところが大きい。その最も凝縮された表現が、彼が井戸の底から見上げて目にする昼の星である。この場面では、閉塞し頽廃した街が、天空―地底の垂直軸のあいだで相対化されている。

もう一つの重要なディテールは、街にいわば水平に迫りくる森林火災だ。冒頭からくり返し示唆されているにもかかわらず、火災がその後どうなるかの展望は示されていない。作中では最後まで揺るがない女主人の覇権はその後、ひょっとすると彼女が手中にしている街ごと焼き尽くされてしまうかもしれないのだ。「私」が思い浮かべる火災の描写には、明らかに終末論的なカタストロフィーの気配がある。火災は、街に象徴される頽廃と停滞が、やがて焼尽されるべきものであることを示唆している。

ゴーリキーは一般にリアリズムに分類される作家だが、日常的な時空間の外部にもう一つの、より真実の世界を見ている点で、十九世紀末から二十世紀初頭にロシアでも隆盛した象徴主義的な世界観とも無縁ではなかった。本作には、自然を教会になぞらえる比喩や、教会に葬られている聖人夫婦の清らかな愛とナデージダの愛欲との対比など、教会讃美とも取れる記述が散見されるが、これも一九一〇年代のロシア知識層に濃厚だった神秘主義的・宗教的な雰囲気の反映である。「グービン」が収録された作品集の題名に含まれている「ルーシ」が「ロシア」の古称であることから見ても、当時のゴーリキーに復古主義的な傾向が皆無だったわけではない。ただし彼はそうした中でも排他的な民族主義に陥ることはなく、この時期のロシアで強まっていた反ユダヤ主義に対する抵抗の最前線にも立っていた。本作の末尾近くで、女主人に「イエスさまの母親はユダヤ人だし、預言者も使徒も、みなユダヤ人だった」と言わせているのは、執筆時の関心を作中人物に託しているのかもしれない。

「チェルカッシ」

一八九四年八月に執筆され、大幅な推敲を経て、翌年「ロシアの富」誌に発表された。ゴーリキーの名を全国的に高めた作品である。放浪途中の一八九一年七月、黒海沿岸の街ニコラエフで入院時に、隣のベッドにいた流浪者から聞いた体験談が基になっている。ただし、作品の舞台は、明らかに黒海沿岸の別の街オデッサである。

オデッサがロシア帝国領となったのは、露土戦争の結果トルコから割譲された一七九一年のことに過ぎないが、その後は西欧との交易の拠点として急激に発達し、十九世紀末には四十万人超の人口を有するに至っている。ロシア領としての歴史が浅い国際貿易都市オデッサは、ロシア人やウクライナ人はもちろん、古くからこの地に住んでいたギリシャ人やトルコ人、ポグロムを逃れて流入してきたユダヤ人ほか、きわめて多様な民族が住み、西欧からも相当数が在留するエキゾチックな街として知られていた。スラム街や裏町が形成され、アウトローの跋扈によっても有名だった。このようなオデッサは十九世紀末から二十世紀初めにかけて作家たちの関心を惹き、クプリーンの『ガムブリヌス』、バーベリの『オデッサ物語』など、この街を舞台とした作品が数多く書かれている。「チェルカッシ」はその嚆矢とも言うべき作品である。

オデッサの港における商業化・工業化の進展と、その中での人間の疎外が叙事詩的に描かれている導入部の後、まるでクローズアップされたように、チェルカッシが登場する。密輸商向けの泥棒を稼業とし、裏町の顔である彼は、疲弊しきった労働者や日雇いとは異なり、確かに社会体制に逆らうアウトローである。

チェルカッシは、ソ連期には資本主義への反抗者とされ、金に目がくらむ農民ガヴリーラの俗物性と対照的な人間像として評価された。だが、このような善悪二元論的な解釈は、それぞれに生き生きとして個性的な二人の主人公の形象を、単純な図式に押し込んでしまうだろう。彼の回想の記述からわかるように、チェルカッシも何らかの理由で農村を後にしなければならなかった流浪者の一人であり、理想的な村の暮らしを熱くなって語るガヴリーラの話を聞くうちに、「体内を流れている血を作り上げてくれた生の秩序から、自分が永遠に切り離され、見捨てられていることを思い、孤独を感じ」るのだ。ガヴリーラとチェルカッシは、一見したほどには対照的でない。チェルカッシが結局は商品経済の裏をかく密輸稼業の片棒を担いでいて、ガヴリーラも自由農民の夢を金の強奪によってしか実現できないという意味でも、二人の相違はそう大きいものではない。

そのような二人のドラマの背景として随所に表れる、刻々と移り変わる壮麗な海の描写も印象深い。当時のロシア人一般にとっては海自体がエキゾチックな憧憬の対象だったのだが、ゴーリキーは一八九一年の一時期、オデッサで港湾労働者として働いていた際の印象を作中に描いているのである。

「女」

一九一三年に発表され、後に『グービン』と同じく『ルーシを巡りて』の一篇として上梓された。ゴーリキーが一八九一年の九月から十月にかけてカフカース山脈の北麓地帯を放浪した際の印象に基づいている。

カフカースは黒海とカスピ海に挟まれた山岳地帯で、グルジアやアルメニアが紀元後まもなくキリスト教を受け入れ、独自の文字を開発するなど、早くから開けた地域だったが、十八世紀末から十九世紀半ばにかけてロシア帝国に併合された。だが特に北カフカース地域では現地住民の抵抗が激しく、ロシア軍との戦闘は一八六〇年代まで続いている。本作に出てくるテレク地域のコサックは、屯田兵兼国境警備隊としての役割を担っていた集団である。

ロシアにとって南方のフロンティアだったカフカースは、プーシキンの『カフカースの虜』やトルストイの『コサック』など、十九世紀ロシア文学の主要な舞台のひとつである。その峻厳な山々は崇高な自然の象徴とされ、コサックやカフカース側の山岳民は、ロシアにとっての敵であると味方であるとを問わず、素朴だが精神的に自由名である。

な「高貴な野蛮人」として讃美された。本作でも言及されているエリブルス山、テレク河などは、先行の文学作品でもしばしば言及されてきた、カフカースの代表的な地名である。

一方、流浪者たちの出身地として言及されるペンザ、リャザン、タンボフ、オリョールなどは、中部ロシア平原の地名だ。一八九一年にロシアで飢饉が発生し、とりわけ多くの農民が仕事と食物を求めて、ロシアの大地から南方のフロンティアへと流出したことが、この作品の社会的な背景となっている。

ゴーリキーは、プーシキンやトルストイなどの作品を執筆時にはすでに熟知していただろうが、「カフカースもの」のパターンで本作において踏襲されているのは、崇高な自然の描写だけである。かつては「高貴な野蛮人」として讃美されたコサックは、本作では格下げされて、満ち足り、肥え太った俗物たちとして描かれている。コサックという集団が十九世紀末には変質していたのか、あるいはゴーリキーのリアリストとしての面目を見るべきだろうか。ともあれ、本作の語り手の注意と共感は、もっぱらロシアからの流浪者の側に——とりわけ修道院で育ち、信仰と博愛の精神を持ちながら、その愛を体によってしか表現できないリャザン出身の女タチヤーナに注がれている。

「女」には、過度の感傷性というゴーリキーの短所もときおり現れているが、タチヤーナと語り手の会話は強烈な印象を残す。タチヤーナの言動は確かにエキセントリックではあるが、当時、修道院を中心とする自給自足の共同体の創出が試みられていた新開地ノヴィ・アフォンでの生活を夢見るなど、論理的には一貫している。そのようなタチヤーナが、結局は貨幣経済のあだ花とも言うべき贋金づくりによって罰せられる点に、ロシアで否応なく進行していた資本主義化が生んだひとつの悲劇がある。

ロシア文学者の江川卓は、ゴーリキーの文学の欠陥として「構成的な弱さ」、「過度の哲学的饒舌」、「目だちすぎる傾向性」などを指摘している（『新潮世界文学辞典』）。だがこれらの瑕疵は、程度の差はあれ、本書収録の四篇にも認められるかもしれない。だが、そうした弱点を凌駕して、ゴーリキーの作品の強烈な抒情性、とりわけ会話の妙と自然描写の美しさは比類がない。本書に描かれた十九世紀後半のロシアは、百年以上の時を隔てて、しかし既存の社会機構の動揺や明確な価値観の喪失等によって、現代のグローバル化した世界にも通じている。流動化した世界に生きる私たちは、ゴーリキーの手を経て本書に立ち現れた群像の中に、自分たちに類した絶望や希望、感情や思考の屈託と流露を見いだすだろう。

ゴーリキー年譜

一八六八（明治元）年

三月一六（新暦二八）日、ニジニー・ノヴゴロドに生まれる。本名アレクセイ・マクシモヴィチ・ペシコフ。父親マクシム・サッヴァチエヴィチは家具職人、母親ヴァルヴァラ・ヴァシリエヴナは商人階層のカシリン家の出。

一八七一（明治四）年　三歳

春に一家でアストラハンに移住するが、八月に父親がコレラで死去。

一八七三（明治六）年　五歳

ニジニー・ノヴゴロドの母方の実家で暮らすようになる。染物屋だった祖父ヴァシリー・ヴァシリエヴィチ・カシリンから、聖詠経や祈禱書で読み書きを教わる。市の教区学校に通う。

一八七六（明治九）年　八歳

祖父破産する。生活は困窮し、七七年から小学校に通うが、成績優秀にもかかわらず、貧困のため翌年退学。

一八七九（明治一二）年　一一歳

八月、再婚していた母親が死去。祖父から自分で生計を立てるように言われ、使用人、ヴォルガ河定期船の皿洗い、聖像工房の助手などの仕事を転々とする。暇を見つけて読書にふける。

一八八四（明治一七）年　一六歳
ニジニー・ノヴゴロドからカザンに移る。大学入学を試みるが失敗し、波止場で働く。地下活動家の集会に参加するようになる。

一八八五（明治一八）年　一七歳
秋、オルロフ＝ソコロフスキー私設合唱団に入る。入団試験をきっかけとして、後の大歌手フョードル・シャリャーピンと終生の友情を結ぶ。一一月から翌年にかけ、パン屋で働く。ナロードニキやマルクス主義の文献を読むようになる。

一八八七（明治二〇）年　一九歳
二月に祖母アクーリナ・イヴァノヴナが、五月に祖父が相次いで死去。一二月、自殺を図るが未遂に終わる。

一八八八（明治二一）年　二〇歳
カザン郊外の農村で革命の扇動を試みるが失敗。小作人として働いた後、カスピ海で漁労に従事。

一八八九（明治二二）年　二一歳
トルストイ主義に傾倒し、農村コロニーの組織を決意。ヤースナヤ・ポリャーナやモスクワでトルストイに接触しようとするが果たせず。一〇月、ニジニー・ノヴゴロドに戻る。一〇月、革命家を匿ったかどで逮捕。一か月後釈放されるが、以後警察の監視対象となる。この頃、作家ヴラジーミル・コロレンコの知己を得る。

一八九〇（明治二三）年　二二歳

弁護士のA・ラーニンの事務所で働く。大学生のN・ヴァシーリエフから哲学を知る。

一八九一（明治二四）年　二三歳

四月からヴォルガ河沿岸、ドン地方、ウクライナ、クリミア、カフカースなどを放浪する。一一月にチフリス（現ジョージア共和国トビリシ）に到着。「人民の意志」派のA・カリュージヌイと知り合い、彼の勧めで小説を書き始める。

一八九二（明治二五）年　二四歳

九月、チフリスの「カフカース」紙に処女作『マカール・チュドラ』が掲載される。「マクシム・ゴーリキー」の筆名を用いた最初。マクシムは早世した父親の名、ゴーリキーは「苦い、つらい、苦しい」の意。以後、地方紙に短篇を次々と発表。コロレンコの批評を受ける。

一八九五（明治二八）年　二七歳

コロレンコの紹介で「サマーラ新聞」の文芸欄を担当、署名記事やルポルタージュを多数執筆。六月、コロレンコの勧めで書いた『チェルカッシ』が「ロシアの富」誌に掲載。その他、『イゼルギリ婆さん』、『秋の一夜』等発表。文名高まり、有力な雑誌に作品が掲載されるようになる。

一八九六（明治二九）年　二八歳

サマーラ新聞の校正係だったエカテリーナ・パヴロヴナ・ヴォルジナと結婚。この頃より肺結核に苦しむ。短篇「憂愁」他発表。

一八九七（明治三〇）年　二九歳
長男マクシム誕生。『零落者の群れ』他発表。

一八九八（明治三一）年　三〇歳
二巻本の作品集『記録と短篇』が刊行される。五月、チフリスのメテヒ要塞に収監されるが一か月で釈放。作家・劇作家のアントン・チェーホフとの文通始まる。

一八九九（明治三二）年　三一歳
最初の長篇『フォマ・ゴルデーエフ』発表。作品集『記録と短篇』第三巻刊行。春、クリミアに滞在、チェーホフと交友。この年、画家イリヤ・レーピン、作家ヴィケンティー・ヴェレサーエフらと知り合う。一〇月、文学の音楽の夕べで散文詩『鷹の歌』を朗読、反響を呼ぶ。短篇「二十六人の男と一人の女」他発表。作品が国外で紹介され始める。

一九〇〇（明治三三）年　三二歳
作品集『記録と短篇』第四巻刊行。三月、モスクワでトルストイと初めて会う。作家レオニード・アンドレーエフと知り合う。五月から六月にかけ、チェーホフや画家ヴィクトル・ヴァスネツォフらとカフカース旅行。中篇『百姓』、『三人』他発表。

一九〇一（明治三四）年　三三歳
リアリズム派の作家を結集した進歩的文学団体「ズナーニエ」を主宰し、アンドレーエフ、イヴァン・ブーニン、アレクサンドル・クプリーンらの作品を積極的に世に出す。四月、革命扇動の容疑で逮捕。前月、ペテルブルグで、政治的暴力に抗議するデモに参加していた。五月釈放され、自宅軟禁。一一月、結核療養を目的とするクリミア転地を許可される。長女カーチャ誕生。

一九〇二（明治三五）年　三四歳
二月、ロシア科学アカデミー文学部門名誉会員に選出されるが、皇帝ニコライ二世によって拒否される。これに抗議してチェーホフ、コロレンコが名誉会員を辞する。一二月、モスクワ芸術座で戯曲『どん底』初演、センセーションとなる。この劇は翌年ベルリンでも上演されて大きな反響を呼んだ。

一九〇四（明治三七）年　三六歳
チェーホフ死去。葬儀に参列する。

一九〇五（明治三八）年　三七歳
一月、血の日曜日事件を受けて、専制政治との闘いを呼びかけるアピール『全ロシア市民とヨーロッパ諸国の世論に訴える』を出し、逮捕。首都のペトロパヴロフスク要塞に一か月収監された後、国内外の抗議を受けて釈放される。ロシア第一次革命に積極的に関与。一一月、ペテルブルグでの社会民主労働党中央委員会の席上でボリシェヴィキ派の指導者ヴラジーミル・レーニンを知る。

一九〇六（明治三九）年　三八歳
渡米。革命への支持を訴えるが、同行したモスクワ芸術座女優マリヤ・アンドレーエヴァと入籍していなかったため、激しい非難にさらされる。八月、娘カーチャ死去。一〇月、イタリアのカプリ島に渡り、一九一三年末まで滞在。

一九〇七（明治四〇）年　三九歳
ロンドンでのロシア社会民主労働党大会でレーニンと親密になる。「ロシア思想」誌にD・フィローソフォフの論文『ゴーリキーの終わり』掲載される。六月、前年から書いていた長篇『母』をベルリンの出版社から刊行。翌年にかけ、ロシア、アメリカ、イギリスの雑誌にも掲載。

一九〇八（明治四一）年　四〇歳
カプリ島でアレクサンドル・ボグダーノフ、アナトーリー・ルナチャルスキーらとともに「建神論」を提唱して、中篇『懺悔』を書き、レーニンから激しく批判された。

一九〇九（明治四二）年　四一歳
カプリ島に党学校が設立され、ロシア文学に関する講義を行う。

一九一〇（明治四三）年　四二歳
一一月、トルストイ死去の報を聞き、衝撃を受ける。戯曲『ヴァッサ・ジェレズノヴァ』等を発表。

一九一二（明治四五／大正元）年　四四歳
後に『イタリア物語』、『ロシア物語』、『ルーシを巡りて』等にまとめられる諸短篇を発表。「同時代人」誌の編集に当たる。

一九一三（大正二）年　四五歳
自伝的中篇『幼年時代』執筆。

一九一四（大正三）年　四六歳
ロシアに帰国し、フィンランド、ペテルブルグ、モスクワを転々としつつ、『幼年時代』の続編となる『人々の中で』を執筆。七月、ロシア、第一次世界大戦に参戦。九月、盟友だった作家イヴァン・ブーニンが書いたドイツ軍の残虐を糾弾する檄文に署名。だが後悔して、以後、反戦平和主義の立場を鮮明にする。

一九一五（大正四）年　四七歳
「帆」出版社を設立。二月、詩人ヴラジーミル・マヤコフスキーと会う。一二月、雑誌「年代記」を発刊。自身も、ロシアの国民性を批判する評論『二つの心』を書くが、アンドレーエフなど、かつて親しかった作家との対立を招いた。

一九一六（大正五）年　四八歳
ユダヤ人の擁護を目的とする文集『盾』を刊行する。

一九一七（大正六年）　四九歳
二月革命で帝政崩壊し、臨時政府が樹立される。三月、臨時政府により名誉アカデミー会員の称号を付与される。

四月、「新生活」紙を刊行し、『時宜を得ない思索』の題の下、時事的な論考を多数発表、レーニンから批判される。十月革命でソヴィエト政権樹立。ゴーリキーは「新生活」に拠ってボリシェヴィキの政策を批判した。

一九一八年（大正七年）　五〇歳
『時宜を得ない思索』の発表を継続。九月、「世界文学出版所」設立でボリシェヴィキと合意。年末、ペテログラード市労兵ソヴィエト執行委員に選出される。

一九一九（大正八）年　五一歳
三月、ゴーリキーの生誕五〇周年行事がさかんに行われる（生年を一年まちがえたため）。七月、回想『トルストイについて』発表。同月末、ペトログラードからの退去をうながすレーニンの手紙を受け取る。

一九二〇（大正九）年　五二歳
三月、学者生活改善委員会議長となる。インテリゲンツィアの権利と生活の擁護のために奔走。

一九二一（大正一〇）年　五三歳
八月、レーニンから国外退去を勧告される。一〇月出国。以後、ソレントを中心に西欧で暮らす。

一九二三（大正一二）年　五五歳
自伝三部作の完結篇『私の大学』、短篇「初恋について」等を発表。

一九二四（大正一三）年　五六歳
一月、レーニン死去。哀悼の意を表す。

一九二五（大正一四）年　五七歳
長篇『アルターモフ家の事業』完成。『クリム・サムギンの生涯』執筆開始。
一九二八（昭和三）年　六〇歳
生誕六〇周年記念式典出席のために帰国。盛大な歓迎を受ける。
一九二九（昭和四）年　六一歳
五月帰国し、ソ連各地を視察。一〇月、再びソレントに戻る。
一九三二（昭和七）年　六四歳
故郷ニジニー・ノヴゴロド市がゴーリキー市に名称変更。『エゴール・ブルイチョフとその他の人々』刊行。
一九三三（昭和八）年　六五歳
五月、最終的にソ連に帰国。評論『社会主義リアリズムについて』等を発表。

一九三四（昭和九）年　六六歳
『クリム・サムギンの生涯』の執筆を継続。五月、息子マクシム死去。七月、英国の作家ジョージ・ウェルズと会見。八月、ソ連作家同盟第一回大会で議長として基調演説。
一九三五（昭和一〇）年　六七歳
六月から七月にかけ、フランスの作家ロマン・ローランと会見。八月、ヴォルガ旅行。
一九三六（昭和一一）年　六八歳
五月、クリミアからモスクワに帰還後、健康悪化、六月一八日死去。同二〇日追悼集会。遺灰を入れた壺がクレムリンの壁に収められた。

訳者あとがき

本書は、ロシアの革命運動やソ連社会主義とのつながりを通して語られることの多いゴーリキーの作品を、虚心に文学として読み直してみたいという意図のもとに編訳されている。世界文学全集シリーズへの収録を除けば、一九八〇年代以降初の彼の短篇集ということになる。もっとも、この作家の日本における受容は、すでに明治期から始まっていた。

ゴーリキーの日本語への翻訳は、一九〇二（明治三五）年から確認されているが、以後十年間で約八十篇の短編や戯曲が翻訳されている。この時期には、ゴーリキーに関する評論や紹介記事もさかんに書かれ、一種のブームのような状況を呈していた。ただし翻訳者には二葉亭四迷《ふたばていしめい》や昇曙夢《のぼりしょむ》などのロシア文学者だけでなく、上田敏《うえだびん》、馬場孤蝶《ばばこちょう》、徳田秋声《とくだしゅうせい》、幸徳秋水《こうとくしゅうすい》などの名前もあり、「文學界」誌系の作家・批評家を中心に英語等からの重訳も多かったようだ。本書収録の作品について言えば、「チェルカッシ」は一九〇五（明治三八）年、「二十六人の男と一人の女」は一九〇七（明治四〇）年に初訳されている。

　夏目漱石の『坊っちゃん』（一九〇六）には、赤シャツと野だいこが「ゴルキ」という食えない魚ばかり釣って「今日は露西亜文学の大当りだ」と会話する場面がある。有島武郎《ありしまたけお》がデビュー作の『かんかん虫』（一九一〇年）を「あれはゴルキーの小説の翻案に相違ない」と言わせるための悪戯心から書いたと述べたという証言があることなどから、すでに明治末期には、ゴーリキーと言えば貧民の生態を荒々しく描いた文学というイメージが定着していたことがわかる。有島の作品では『カインの末裔』（一九一七）なども、ある程度ゴーリキーを念頭に置いて書かれているだろう。

　ゴーリキーの作品は、大正に入ってからも、労働争議の高まりやロシア革命の影響もあって、比較的よく読まれた。特に『セメント樽の中の手紙』や『海に生くる人々』（ともに一九二六）などを書いた作家葉山嘉樹《はやまよしき》は、自分がゴーリキーの影響下に放浪生活を始め、その経験を文学化したことを明言している。

　だが、大正末期から昭和初期にかけてのプロレタリア文学の隆盛期には、ゴーリキーはかえって注目されなくなった。たしかに一九二九（昭和四）年から三二（昭和七）年にかけて改造社から個人全集が刊行されてはいるが（本書収録の「グービン」と「女」はその十三巻に初訳されている）、島木健作が一九三六（昭和一一）年に書いているように、「日本のプロレタリア作家の間には、ゴリキイはその声の他に比較すべくもなく高いにかかわらず、案外少ししか読まれてはいない。……文学の一般読者の間に於てもそうしたことがある」という状況だったのである。

「プロレタリア文学の父」とされる作家がプロレタリア文学の興隆期に読まれなかったこのねじれ現象の理由は、いくつか考えられる。日本でプロレタリア文学が隆盛に向かっていた時期、ゴーリキーがボリシェヴィキ政権に対して一定の距離を置き、西欧で事実上の亡命生活を送っていたという事情もあろうし、蔵原惟人《くらはらこれひと》、中野重治《なかのしげはる》、小林多喜二など代表的な左翼文学者が結集し、プロレタリア文学を主導していた「戦旗」派が同時代のソ連から受容していた「人民を革命運動に立ち上がらせるために前衛や党を肯定的に描く」という規範に、じつはゴーリキーの作品の多くが合致していなかったためでもあろう。

実際、ゴーリキーが再び参照され始めたのは、あまりに図式的な方法論と政治的な弾圧のために、プロレタリア文学運動が崩壊した一九三三（昭和八）年以降である。

とりわけ、労働争議を描いた『太陽のない街』(一九二九)で知られ、自身も労働者出身の徳永直《とくながすなお》は、従来のプロレタリア文学を「[革命への]『意識』と『生活感情』には、おそろしい開きがあるのだ」と批判し、「ゴリキイに帰れ」と主張した。民衆を革命へと扇動するための文学ではなく、民衆の実感に根ざした文学を提唱したのである。こう言ったとき徳永の念頭にあったゴーリキーの作品は、『母』などではなく、自伝的作品群の方だった。徳永は以後、こうした確信のもと、自分の少年期の思い出に基づく『最初の記憶』(一九三八)ほかを書いていく。なお、ゴーリキーに範を求め、生活経験に根ざした実感的な文学をめざした葉山嘉樹や徳永直は、昭和一〇年代にはしだいに時代の主潮流に同調していったのだが、その理由と意味については別の機会に考えてみたい。

太平洋戦争の敗戦後、興隆した労働運動の中でゴーリキーの読書会がさかんに組織されたことについて多くの証言があるが、戦後の文壇や一般的な読者層のあいだではドストエフスキーの影響が圧倒的となり、現代的な課題としてゴーリキーが問題とされることはなかった。ゴーリキーをロシアの革命運動やソ連社会主義体制と直結させて考える習慣が確立したのは、この時期である。ゴーリキーの研究書や評伝も刊行されたが、それらの多くには時代の刻印が認められる。

だが、本書収録の四作品に見いだされるのは、たとえばマルクス主義といった確固とした価値観に基づくことなく、むしろ農奴解放令以降の流動化する状況の中で古来の規範にすがったり、「今、ここ」とは違うあり方を求めたりして、さまよう人々である。その姿は、一九九〇年前後の冷戦構造の崩壊以降、メディア環境の激変、国という枠組の弱体化、社会の再階層化が進むなかに生きる私たちの生活や不安と、無縁なものではない。


本書の翻訳には苦労した。ゴーリキーの文体は、民衆独自の語彙が混じる他は、必ずしも難解ではないけれども、日本語に翻訳すると、どうしたものか、過度の感傷性などの短所が強く感じられてしまう。とくに地の文の「私」の語り口と、やや唐突に挿入される「哲学的饒舌」の箇所とを滑らかに接続できるような文体を見いだすのには難渋した。本書の語り口が成功しているかどうかは、読者の判断をあおぐよりほかにはない。

ゴーリキーの原文の台詞には、過剰なまでに「……」が挿入されている。これは明治から大正期にかけての日本の小説や戯曲にも見られる現象で、語りの間や息遣いまで文章に反映させようとした志向の表れかと思うのだが、本書では、読みやすさを考慮して、訳文への反映は最小限に留めている。

翻訳は、一九七九年にモスクワで刊行された一六巻選集（M. Горький. Собрание сочинений в 16 томах. Т. 1, 3, 7. М., 1979）のテキストを底本とした。

最後に、われながら驚異的に遅々として進まなかった作業を辛抱強く見守り、的確な助言をくださった編集の今野哲男さん、小都一郎さんのお二人に心からお礼を申し上げます。

本書には、「盲人が泥沼にはまったように」「盲人のような歩調」「若者の目は盲人のように曇っていて」など、視覚障害者に関して、今日の観点からすると不適切とされる比喩が用いられています。これらは本作品群が成立した一八九五〜一九一三年当時のロシアの時代背景と未成熟な人権意識に基づくものですが、本作の歴史的価値および文学的価値を考慮したうえで、原文に忠実に翻訳することを心がけました。差別の助長を意図するものではないということをご理解ください。

編集部

光文社古典新訳文庫

二十六人《にじゅうろくにん》の男《おとこ》と一人《ひとり》の女《おんな》　ゴーリキー傑作選《けっさくせん》

著者　ゴーリキー

訳者　中村《なかむら》 唯史《ただし》

2019年2月20日　初版第1刷発行

発行者　田邉浩司

印刷　萩原印刷

製本　ナショナル製本

発行所　株式会社光文社

〒112-8011東京都文京区音羽1-16-6

電話　03（5395）8162（編集部）

03（5395）8116（書籍販売部）

03（5395）8125（業務部）

www.kobunsha.com

©Tadashi Nakamura 2019

落丁本・乱丁本は業務部へご連絡くだされば、お取り替えいたします。

ISBN978-4-334-75394-8 Printed in Japan

※本書の一切の無断転載及び複写複製（コピー）を禁止します。

本書の電子化は私的使用に限り、著作権法上認められています。ただし代行業者等の第三者による電子データ化及び電子書籍化は、いかなる場合も認められておりません。

いま、息をしている言葉で、もういちど古典を

長い年月をかけて世界中で読み継がれてきたのが古典です。奥の深い味わいある作品ばかりがそろっており、この「古典の森」に分け入ることは人生のもっとも大きな喜びであることに異論のある人はいないはずです。しかしながら、こんなに豊饒で魅力に満ちた古典を、なぜわたしたちはこれほどまで疎んじてきたのでしょうか。

ひとつには古臭い教養主義からの逃走だったのかもしれません。真面目に文学や思想を論じることは、ある種の権威化であるという思いから、その呪縛から逃れるために、教養そのものを否定しすぎてしまったのではないでしょうか。

いま、時代は大きな転換期を迎えています。まれに見るスピードで歴史が動いていくのを多くの人々が実感していると思います。

こんな時わたしたちを支え、導いてくれるものが古典なのです。「いま、息をしている言葉で」——光文社の古典新訳文庫は、さまよえる現代人の心の奥底まで届くような言葉で、古典を現代に蘇らせることを意図して創刊されました。気取らず、自由に、心の赴くままに、気軽に手に取って楽しめる古典作品を、新訳という光のもとに読者に届けていくこと。それがこの文庫の使命だとわたしたちは考えています。

このシリーズについてのご意見、ご感想、ご要望をハガキ、手紙、メール等で翻訳編集部までお寄せください。今後の企画の参考にさせていただきます。
メール　info@kotensinyaku.jp

光文社古典新訳文庫　好評既刊

イワン・イリイチの死／クロイツェル・ソナタ
トルストイ
望月　哲男　訳
裁判官が死と向かい合う過程で味わう心理的葛藤を描く「イワン・イリイチの死」。地主貴族の主人公が嫉妬がもとで妻を殺す「クロイツェル・ソナタ」。著者後期の中編二作。

アンナ・カレーニナ（全4巻）
トルストイ
望月　哲男　訳
アンナは青年将校ヴロンスキーと恋に落ちたことを夫に打ち明けてしまう。一方、公爵令嬢キティはヴロンスキーの裏切りを知って―。十九世紀後半の貴族社会を舞台にした壮大な恋愛物語。

コサック　1852年のコーカサス物語
トルストイ
乗松　亨平　訳
コーカサスの大地で美貌のコサックの娘とモスクワの青年貴族の恋が展開する。大自然、恋愛、暴力……。トルストイ青春期の生き生きとした描写が、みずみずしい新訳で甦る！

スペードのクイーン／ベールキン物語
プーシキン
望月　哲男　訳
ゲルマンは必ず勝つというカードの秘密を手にするが……現実と幻想が錯綜するプーシキンの傑作『スペードのクイーン』。独立した5作の短篇からなる『ベールキン物語』を収録。

初　恋
トゥルゲーネフ
沼野　恭子　訳
少年ウラジーミルは、隣に引っ越してきた公爵令嬢ジナイーダに恋をした。だがある日、彼女が誰かに恋していることを知る…。著者自身が「もっとも愛した」と語る作品。

★続刊

詩学　アリストテレス／三浦 洋・訳

ギリシャ悲劇や叙事詩を分析し、「ストーリーの創作」として詩作について論じた、西洋における芸術論の古典中の古典。時代と場所を超え、今も芸術論や美学、文学、演劇、映画などにかかわる多くの人々に刺激を与え続ける偉大な書物。

ソヴィエト旅行記　ジッド／國分俊宏・訳

多くの知識人たちが理想郷と考えたソヴィエト社会主義共和国。だが実際その地を訪れたジッドが見たものは……。虚栄を暴き失望を綴った本篇、およびその後の痛烈な批判に真摯に答える「修正」を含む、文学者の誠実さと意志に満ちた紀行文。

大尉の娘　プーシキン／坂庭淳史・訳

ロシア帝政時代に実際にあった農民の乱、プガチョーフの乱を題材に、青年貴族の恋と冒険を描いたプーシキン晩年の傑作。実直な大尉と控えめで聡明な娘、素朴で忠実な老従僕が主人公の将校グリニョーフの危機を救う。歴史小説かつ家族の物語。